U1001859

编委（按姓氏音序）

安　琪　　春　树
戴潍娜　　海　男
横行胭脂　金铃子
施施然　　谭　畅
潇　潇　　颜艾琳

万物流向彼此

中国女诗人诗选 2021

施施然 编

山西出版传媒集团 北岳文艺出版社
·太原·

图书在版编目（CIP）数据

万物流向彼此：中国女诗人诗选：2021 / 施施然编. — 太原：北岳文艺出版社，2022.6
ISBN 978-7-5378-6567-8

Ⅰ. ①万… Ⅱ. ①施… Ⅲ. ①诗集－中国－当代
Ⅳ. ① I227

中国版本图书馆 CIP 数据核字 (2022) 第 104246 号

万物流向彼此

中国女诗人诗选 2021

施施然◎编

编　者
施施然

责任编辑
刘文飞

助理编辑
马媛慧

封面设计
彭振威设计事务所

印装监制
郭　勇

出版发行：山西出版传媒集团·北岳文艺出版社
地址：山西省太原市并州南路 57 号　邮编：030012
电话：0351-5628696（发行部）　0351-5628688（总编室）
传真：0351-5628680
印刷装订：山西人民印刷有限责任公司

开本：787mm × 1092mm　1/16
字数：326 千字
印张：21.5
版次：2022 年 6 月第 1 版
印次：2022 年 6 月山西第 1 次印刷
书号：ISBN 978-7-5378-6567-8
定价：58.00 元

本书版权为本社独家所有，未经本社同意不得转载、摘编或复制

诗歌也是人类的故事之一

（代序）

《万物流向彼此——中国女诗人诗选2021》面世，这是自2017年卷开始，出版发行的第五本诗选。女诗人，在全球化的历史进程中究竟意味着什么？首先，女诗人意味着性别，她们是水和银白色的月光。女诗人，是时间流逝的另一半，从古至今，女诗人都以她们竭力绚丽绽放直至枯萎的姿态，获得了一次次的轮回和重生。这个选本以非常客观包容的美学态度接纳了各个年龄段女诗人的诗歌，从选本中就可以看出，编者从灵魂上升的诗意出发，发现并展示了中国汉语写作的女诗人独具魅力的情感与语言结构。百般璀璨，独立俨然。

从20世纪50年代到90年代的女诗人，在不同时代背景中开始诗歌创作，携带着历史尘埃，用每一个人所历经的命运熔炼出自己的作品。选本的每一页、每一个名字，都闪烁着女诗人穿越时光黑暗和光芒的诗意——这个隶属于另一个性别的内陆之上的用灵魂和诗艺亲手建造的宫殿。

女诗人并不是在温床中成长的——她们一直在磨砺，历经雨露风沙，伴随着汉语这独特的来自东方的古老语系。她们研习着自己挚爱的词根，同时聆听着万物万灵的声音。从每个女诗人的诗名下散发出的是不同的色彩和语境。她们为了置身其中的这个世界而写作，礼赞生命的美，同时融入精神之旅的漫长探索。

《万物流向彼此——中国女诗人诗选2021》带着旧时光的诗意，又一次来到人间，我无限欣慰地轻抚着纸质书，深深地嗅着其中的芬芳，这是一份守望诗歌殿堂的女诗人的诗歌档案。感恩用虔诚之心编辑这本诗选的女诗人施施然，因为她持久的努力，使这个选本就像人类的故事一样，绵延不尽地讲下去。于是，我便想起了希腊诗人埃利蒂斯的诗句："永远永远，付出的代价是值得的。"诗歌也是人类的故事之一，而这本书，就是中国女诗人用诗歌讲述的另一种心灵史的人类故事，它将永载史册，伴随人类的精神史迹，永远在路上，永无止境。

海男

2021 于昆明

目录 / contents

Ⅰ　生于1950年代

Ⅱ　生于1960年代

Ⅲ　生于1970年代

V　生于1980年代

Ⅵ 生于1990年代

I

生于1950年代

翟永明的诗

翟永明，1955年出生于四川成都。大学毕业于成都电讯工程学院，曾供职于某物理研究所。1981年开始发表诗作，1998年于成都开设“白夜”酒吧文化沙龙，策划举办了一系列文学、艺术及民间影像活动。

序诗

从容地在心中种千竿修竹
从容地在体内洒一瓶净水
从容地变成一只缓缓行动的蜗牛
从容地 把心变成一只茶杯

从来没有生过、何来死？
一直赤脚、何来袜？
在天上迈步、何来地？
在地上飞翔、何来道？

五十年后我将变成谁？
一百年后谁又成为我？
撑筋拔骨的躯体置换了
守住一口气 变成人生赝品

寻找

我几乎怕看这样的场面但常常看到
在一大片褐土上双脚站立寻找的土拨鼠
双脚站立 它们在狂风中寻找
它们寻找却不知道
它们要寻找什么 它们寻找

我也曾双脚踮立地寻找
我现在累了，倒地寻找
如果找到了 我更加茫然无解
如果找不到 我必将终身抱憾

规律与法则

鸟吃虫 车吃鸟
锈吃车 有机物吃锈
无机物吃有机物
这是有机世界的规律

爱人吃你 你吃爱你的人
爱你的人又去吃那些奢爱的
爱人必被爱吃
这是无机世界的法则

李琦的诗

李琦，1956年出生，哈尔滨人。出版诗集散文集多部。曾获鲁迅文学奖等文学奖项。

小巷

印象最深的，是这些小巷
蜿蜒，曲折，有的，窄到不能再窄
就像一条幽默的禁令
吃得太胖的人，慎行

大人物，小百姓
年迈的长者，蹒跚学步的孩子
包括那些猫、狗、家禽
只要从这里走过
就都留了足迹，就像鸟儿飞过

小巷守口如瓶，它知道最多的底细
尤其记得，那些渴望从这里走向辽阔的人
他们最初的样子，他们单纯的时候
小巷收录时光、故事、心愿和梦想
氤氲着一个小地方古往今来的气息

忘记小巷的人，也许有一天
会倏然想起——旧时的岁月
他会心潮起伏，他会难过

他会一次次，在梦里折返

而小巷一如既往，它并不在意
谁记住或者忘记了它
它耐心地，看一场又一场的人生
朝代更替，风云流变
这寂静的、一方邮票大小的小镇
是许多人的乡愁，是心动之地

他们在此，开始认识世界
跟着那带家乡口音的老师
学会一些重要的词汇
比如远方，梦想，道路
比如坎坷，经历，命运

怀念

烟雨沙溪
醇厚的米酒
清香松软，刚刚出锅的糕团

真是惬意的时光
锦上添花，我身边围坐的同伴
是一群富有才华的诗人

我想起我的朋友
青春时代，他在江南读书
而后，漂泊到大洋彼岸
精疲力竭地奋斗
最后一次回来，是变为骨灰

安葬在母亲身边

他不止一次说过，将来
要重游江南，要请上好友，雇一条船
几杯黄酒，江南的河鲜，小菜，糕团
他说，那是多美的事情
看美景，尝美食，享受人间的安乐

那天，我带回几只糕团
没人知道，它们是作为祭品
没有船，宾馆的房间里
一杯清水，一轮明月，几个糕团
故乡墓园的朋友，你好
此地叫作沙溪，我在这里，怀念

读唐代铜官窑瓷器题诗

君生我未生，我生君已老。
君恨我生迟，我恨君生早。

这是 2021 年的春天
湘江边，古老的铜官窑遗址
出土瓷器上的诗句
让一群当代的诗人
忍不住赞叹，久久端详

往事越千年，一首诗
迅疾还原了千年前的现场
无法考证，那个刻上诗句的陶工
是他自己的创作，还是兴之所至

信手记录了当时的歌谣

动人啊，我愿意相信
写下这首诗的人
是一个年轻的姑娘
她情窦初开，脸颊绯红
悄然爱上了一个长者

闺中秘密，必不想声张
可内心澎湃，需要倾诉
纤手素纸，笔墨题诗
娇羞的心事，流传开来

一切顺理成章，繁忙的窑场
即便是生计，陶工依旧会心一笑
他心有所动，舒缓而认真地记录
理解，并深为体恤，可见彼时的世风
他没有料到，下笔便已功垂千古
那日，是唐朝的某一个黄昏
沧海桑田，当太阳再度升起
已是千年之后的又一个早晨

这样的相遇，真是美好
瓷器古朴，诗句纯真
“从前”这两个字
在此有了可感的温度
初春的长沙，乍暖还寒
却有一种来自唐朝的温暖
云霞一般，一朵一朵，簇拥着我们

湘菜

臭豆腐、剁椒鱼头、糖油粑粑
过度之陡峭，基本不由分说
从香到辣，再到酥松之甜
从味蕾的火苗到耳鸣到满头汗水
挑逗、刺激和安慰，各带一路人马
让人或酣畅淋漓或丢盔弃甲

在望城，一盘翠绿娇嫩的辣椒
迷住了同行的一位诗人
诗人江南人氏，却半生漂泊在西部
味觉和心胸，随履历而扩容
他赞不绝口，率真痴迷的样子
简直有点像陷入一场爱情

果然，他问出了辣椒的身世
这是辣椒里的名伶
微辣鲜甜，味道独具魅力
因声名鹊起，早已身价昂贵

而平凡如我，在湖南
餐桌前，总有一种近于自卑的感觉
我会问，能不能不放辣椒呢？
回答有时是快刀斩乱麻
那怎么做啊，不会啊！

这就是嗜辣的湖南人
辣椒喂养出辣爽的习性
不会转弯抹角

也不屑于虚与委蛇

离开长沙时，年轻的小伙子
送我去机场，说起吃辣
我问他怎么样，他简洁果断地回答
那是相当的！他说，他妈妈做的
辣椒炒肉，能让他干掉两大碗米饭
那种香啊，说到此处
他情不自禁，敲了一下方向盘
脸上浮现出陶醉的神情

哈，那是相当的！

童蔚的诗

童蔚，北京人。生于1956年。20世纪80年代起写诗，出版过《嗜梦者的制裁》《脑电波灯塔》等个人诗集。1992年参加荷兰鹿特丹国际诗歌节。

寄给往昔的短信

我对爱怀有巨大的野心
特别是在寒冷的日子
蜗牛伸出角来——为了表现一下坚不可摧
螺旋形的屋顶浮雕的花纹
许多爱会从花根处，体察发霉，了解孤寂的堆积
伸出一条藤蔓一旦确信崩塌现场
才知道树叶的结构如期进行
连接乌有的，任何一开始就不该营造的厨房
卫生间里瘫痪的意志不敢要求自我
我其实对爱怀有巨大的怀疑
至今暖气仍然在温暖的时刻要求我来感受
非常私人化的过程，
那些故弄玄虚的蜗居者挥霍起来
多么天真的脸上
洒满阳光，当一个不知心的人穿上鞋
那些木鞋如船一样
我不记得水上的它们
是否沉浸至深的战栗，还是
仅仅旋转于荷塘

从你那里我收到雪白的披巾

——致友人

我收到来自西伯利亚的意象和白雪
每一片雪花被基因改造为梅花后
忽然粘在柔软的丝帛
忽然寒光环绕脖子
顿时渴望——敬献给在铂晶上起舞的雪人
——玛丽娜 兹维塔耶娃！
你应该满足我像反复充电一样呼唤她
混合音乐的流逝——失去爱
而不得不爱的女人
要狠心地删节恐慌
加倍耦合的音韵——是回忆去往流放地的男人
那是曼德尔施塔姆传递给我们另外的
西伯利亚火车上的两面窗户
来回穿梭词语的风景；
书写的繁华、繁花在冰封
宝剑与花环——他们是相反的隐喻，
我见过的，只是
幸运的披肩，友人寄来的象征
仿佛沉睡的天空下
还有几十箱的披巾浸透过泪水
滑向深谷，为了覆盖
曼德尔施塔姆。

Ⅱ

生于1960年代

海男的诗

海男，生于1962年，现居云南昆明。作家，诗人，画家。毕业于鲁迅文学院·北京师范大学文艺理论研究生班。著有长篇小说《花纹》《马帮城》《夜生活》《私生活》，散文集《空中花园》《我的魔法之旅》，诗集《虚构的玫瑰》等九十余部。曾获鲁迅文学奖等。

序幕

你有黑头发拂过面颊的记忆吗？当时间沉沦
巨大的黑陶，正立在山冈

来来往往的人朝前后移动手臂，呼风唤雨者
是站在庄稼地播种的农人

直奔目的地，多荒谬，笔直地昂头朝前走
失去的是两边的风景

我走出了房间，从前的一幕，封好了情书
用手叠起，信鸽会来吗

勤勉是从弯腰开始的，我看见农人在捡麦穗
正午的麦地，阳光灼热

划燃火柴，这从手心中散发出的一束光
有着来历不明的惊喜

他骑着自行车，用双脚奋力蹬着脚踏板速度
穿白衬衣的青年人追赶着落日

播种术源自风语，是风掀开了一层层的帷幕
将谷种落在了尘埃

最早翻书时，一只蝴蝶标本夹在书中的某页
这场绚丽的春之祭就在眼前

喜欢蝴蝶飞行，甚于追逐那满地黄金盔甲中
一个死去的神话

你来了，乘从前的那一节节绿皮车厢的节奏
带来了你穿过隧道的三天三夜

聊着家常，聆听着一个人离世之前的生命迹象
一盆火熄灭了。烟熏着眼睛

头顶为什么有帽子挡住光热？那轮热烈的轶事
如同青铜熔炼出世

打开窗户往外看

安静者，打开了许多扇窗户，但必须尘封历史
被聒噪弥漫的往事

滚动的烟火下，跑出的幽灵，带着炫目光亮
啦啦啦的响声在起伏

天会黑下去，也会亮起来。婴儿会吮吸母乳

成年人会找到钥匙

旅行箱子里，有我的味道。棉麻的长裙曳地
总会带着尘沙行走

聆听者在路上，盗梦者穿过了蓝色的拱门
这是不是轮回

下雨了，端着脸盆在露台接雨，当我想起了
沙尘暴和一棵倒下的树

十面埋伏，我仍在纸上写着燕子的自由国度
你的脸上有阳光了吗

戴银色首饰的女人，仍然在耕地锄草，在旷野
她是主宰自己命运的神

画一只老虎，不如穿上胶鞋到原始森林去
穿金黄色的皮毛的老虎来了

逃避是不可能的，暂时的隔离，增加了墙壁
天上的云絮在屋顶外变幻无穷

当我独自一人，在上午，在写作的房间里
看一只铜壶沸腾着蒸汽

把一只纽扣重新缝在衣服上，那些伪装者们
正坐在咖啡馆聊天

九十岁的母亲，就像重新返回了幼儿乐园
撑着手杖，晚秋的菊花香正弥漫

梦中人身披盔甲

历史学，正沿着被青苔覆盖的石板路延伸着
某个夜晚，梦中人身披盔甲

战争终于结束。每一轮月光辉映下的容颜
都铭刻着沙漏下的低语

其中，一滴水融入了那些逐日枯萎的根须
昆虫在潮湿的树叶上诉说悲伤

约定的时间里，风尘会湮灭旅途的航线吗
你见过我的泪光闪烁吗

泥土和水有区别？她趴在栅栏上仰头看星宿
从膝头下长出的树开始弯曲

我曾见过你，在低矮天空下，发咒语的舌尖
柔软得像耳边的风啸

一阵风过去了。墨迹干了，讲故事的人老了
我穿上风衣，站在风口等你

桃花开了，李花开。人们在花架下踊跃拍照
生命周期是多么寂寞

脊椎以直立显示尊严。当你趴在床上睡觉
睡姿却像一座孤岛

一只蝴蝶启蒙我。在我追逐的旧时光里

为一只蝴蝶我曾离家出走

故事场景有皮影剧，舞台上有祖先的味道
穿布衣的小人儿穿梭不息

喊魂者，在茫茫无涯人流中，举着火炬
要找回失去的灵魂

从你沙哑的歌唱声下，绵延出去的领地啊
一只翡翠色的鸟带来了你的消息

我望着云层，你望着我

我望着云层，你望着我。在有苍蝇和白鹭们
存在的人世间，我用什么贿赂你

世事万物，都被时间送到我们的眼皮底下
悲伤的凋亡像黑夜的翼体

那载有行李的箱子来到了我们的左右手上
手上的力量刚好可以拎起箱子

告别就意味着不再重逢，当语言像玻璃碎片
划伤了我的手指

再过几天，宇宙将像一片蓝色鸢尾花的山冈
一个旅人走向我，眼神像鹰一样深邃

放下你。是今天的我，一场来自水与火的熔炼
走吧，你的舞台可以让你尽情表演

母亲又开始撑着手杖行走，我走在她旁边
一个婴儿从出生到老去是上苍的安排

对于宇宙的梦想，使我踮起脚跟，你的美丽
曾使一只陶罐仿制了你的花纹

卖野生蜜蜂的中年男子，坐在街景角隅
守着罐子里嗡嗡甜蜜的声音

我守着什么？对面露台上的女人出来晒衣服
我看见了她裸露胳膊上的伤疤

你看不见我，我看不见你。这场收尾的终局
让世界顿然像冰川一样静默无语

只有旷野上那些弯腰拾到麦子的农妇的笑声
将荒原上那些长睡不醒的梦颠倒出世

我拾到的不是麦穗，而是澜沧江峡谷的石头
蹲在江岸洗干净石头上的泥沙

荣荣的诗

荣荣，本名褚佩荣，现居宁波，生于1964年2月，已出版《零碎》《时间之伤》《隔空对火》等多部诗集及散文随笔集，曾获鲁迅文学奖等。

这一天她还在人间走着

这一天她还在人间走着。
还是人间的。还在一次次归来。
拉杆箱上挂两塑料袋鸡子与菜蔬，
穿过夜街嘈杂。
她是嘈杂的一分子。

这一天她仍在凡俗里，
几辆打转的汽车寻找着泊位，走过她。
霓虹灯乱转的理发小店，走过她。
满架琳琅的烧烤摊，走过她。
便利店叮咚一响，一个街坊男子
举盒烟出来，走过她。

那个瞧着手机跟唱的女子，
那个挂满盆景跨坐电瓶车上的兜售者，
差点撞上她，夜色遮掩了他们的脸容。
她盯着微信里一句亲密的话，
删还是不删？这来自遥远的硬汉柔肠，
也跌落于日常的琐碎和抒情。

这一天她还在人间走着。
还是人间的。还有些不舍。
路过小公园，冬天仍在深入，
银杏已脱完一头明黄，鸡爪槭的叶子
蜷一半撒一半，扮演又一场春红。
这一天所有昨日重回，似有新的抉择，
往左是时间恍惚，往右是自然萧瑟。

一场告别

一场告别，可以如此简单：
比如看他穿过酒店长廊，
在几杯酒里走得歪斜。
比如他回头，她仍在长廊尽头，
孤立，一动不动。

这之前遗留的现场是：
客房长条桌上无序摆放的
服务册、速记本、戴过的口罩与烧水壶，
二十几只烟蒂在水晶烟缸里挤挤挨挨，
两只白茶杯相距四十公分，
正好是一把椅子与沙发的距离。

这让他们相顾无言时，
他能看清她暗藏的窘迫和坚持，
她能望见他眼里时而黯淡时而烂漫的星星。
如果愿意放纵，也能有一场对视，
挨着的鼻尖接通一条黝黑的隧道。

还有半明半昧的灯光，
曾照着他们勉强保留的外在清白和
不可描述的人间纯洁。

百步三桥

在第一桥上，我想了一下你。
在第三桥上，我又想了一下你。

这之前你来过，这之后你仍会来。
如果你站在第二桥上，
往前或往后五十步，你有过我。

这是虚妄的。这是我的第四维度。
就像你时常出发和归来的站台，
透过时空，我遇见你。

就像在一首老歌里动情，
你就在那个缠绵的高音里，
扶住我这一世绝望的付出。

荒凉

她注定是荒凉的，
内心的戏剧无人参与。

但仍可以上演，比如这样的对白：
“你真是好有味。”

“像那些止不住倾倒的酒液？”

仍可以有这样的回放：
事后，她同样点燃烟支，
让灰烬窝在他的掌心。

仍可以有这样的相逢：
无意中路过一条陌生的长廊，
看见他正垂头点烟，神情索然。

仍可以有这样的收场：
他一次次在背后拥吻，匆忙而慌乱，
然后是告别。再也不见。

潇潇的诗

潇潇，居住于北京，1964 年出生。著名诗人，画家。出版中外文诗集十多部。作品被翻译成英、德、法、韩、西班牙、阿拉伯语等多国语言。曾获罗马尼亚阿尔盖齐国际文学奖、韩国昌原 KC 国际文学奖特别奖等多项中外诗歌大奖。

辽阔

那一日，乡下的天空一贫如洗
一口装满了星星月亮的水井是她的全部
雨水夹着悲伤像透明的泪珠
辽阔是远方的

极限

毛毛草依旧弯曲下身体
那些滴落的痛楚、愤怒、反抗
在每一粒颤抖的露珠中
等候沉默的爆炸

触摸 2020 年的疼痛

——致普希金

入夜，五月的沙尘

在我的颈椎喀喀喀响
刺痛与病毒打磨一面灰色的镜子
使今年看上去悬浮在黑暗中

新冠被人类吸入肺部
世界在喘息、争执
高分贝的疯狂后慢慢安静下来

一些回忆散落在皇村小径
寒冷之后，你的太阳从俄罗斯
正在赶来的路上
从高加索囚徒的牢房
滚落在我阅读你的海面

从二月开始
我戴上时间的口罩
啪！死亡从你决斗的枪口
冒出一股青烟

我埋葬了三月、四月
五月正在流淌悲伤

我择出
假如、暴君、加冕、珍珠
监视、山崖、死讯、战士、凄凉
自由颂……放逐
这些硌硬过你的词

收拾那些像骨头、碎石、针尖
玻璃碴、芒刺一样的东西
这些退潮后的真相

能触摸到人类 2020 年的疼痛

与死亡交谈

我倒空了自己，像一坨
被都市扔出来的煤球
来，亲爱的死亡
在 2020 年，你也该精疲力竭了

请你坐下来，像老朋友
我们推心置腹

1990 年后，我由隐忍到缄默
也常常向你发臭脾气
在沉沉的夜色与你争执

有时，与你一起倾听
某一次剧烈的咳嗽
或者等待高烧 40 度干渴
燃烧后的起死回生

布罗茨基说："作为交谈者
一本书比一个朋友
或一位恋人更可靠"

我认为，作为一个交谈者
死神你更可靠！我们的交谈
不是语言，也不是灵魂
是有限朝向无穷……的平等

蓝蓝的诗

蓝蓝，原名胡兰兰，1967 年出生于山东，祖籍河南郏县。出版诗集 19 部，创作话剧、诗剧、舞剧 3 部。曾获诗歌与人国际诗歌奖、华语传媒文学奖年度诗人奖、袁可嘉诗歌奖、全国优秀儿童文学奖、冰心儿童文学新作奖等。

音乐

终于平静了——

独自一人在夜里
听着音乐，犹如项上头颅
被一只手轻轻摘走。

你打败了我。我对音乐说。
并感到有一部分怒火熄灭了。

我是你的奴隶。
前额抵着它的膝盖，我又说。

一种让我慌乱的温柔情感
涌上心头。

我并没有忘记
长久遭受的耻辱，以及
对自己的懊恼。我只是不知不觉

做了它的俘虏。

想起某位杀人狂曾说：
绝对不能让我们的士兵听太多音乐，
那样只会让他们变得软弱。

现在，我也屈服了——
鼻涕眼泪抹在我的破袖子上。

我不再咒骂，也不再四处寻找砖头。

我只想抱着一个什么人
为这黑黢黢无边的世界
放声痛哭。

你没有

你没有一个
可以求助的上帝，
也没有一个在半空注视着你的
仁慈的佛菩萨。

有时候你奔向田野，渴望
麦田给你籽粒金黄的思想，
玉米赐予你翠绿的沙沙作响的思想。

沿着麦浪涌向地平线的尽头，
你能看到天边，以及更高处的宇宙。

它们忽然出现，为了使你

在辽阔中看到它们的辽阔，看到
被麦田和青纱帐所表达的秘密和澄明。

难道你不也是其中一个？
和无数株麦子、玉米，无数的人
构成世界的生死寂灭、诞生和轮回——

白杨树把头伸向虚空，
而瀑布从高处跳下，跌碎在大地……

在一个是与不合拢的梦里，你的疑问
访问了它们——作为一粒种子的
初次上任的女秘书，你又一次
耐心等着春天，以及还没有出现的
某位佛菩萨或上帝。

人只能生活在

人只能生活在目力所及的空间。
顶多，加上想象力抵达的边界。

没有人能例外。

皇帝，教授，农夫和海员，
住在他们自己的房子里，

并拥有一把椅子、一张书桌
一块土地或者几亩大海。

没有人能例外。

但是当惨叫和鲜血
溅到你的手机屏幕上，抑或
某个人忽然消失无踪——
你仍然震惊于某些事实：

哲学家在书柜里淋浴
而诗人躺在几个漂亮的病句里。

所以，妈妈

所以，妈妈
即使人终有一死也会不朽。因为
存在过的永远不会不存在。

所以，妈妈
十点零三分，那个上午
时间终结了。你全然在所有的时间中：
您是少女，是妻子，是母亲；

在海边，在家中，在一切您曾在的地方
空间和时间都不能束缚您。

所以，妈妈
我没有向荒诞屈服，就在此刻
我抬头看到您在照片里朝我微笑，

窗外太阳在高天照耀，而小树
摇曳在风中——全都意味着恩义。

所以，妈妈

如此猛烈的爱掀翻了不幸的地狱
万物生长绽放于世界，野蛮而蓬勃
坚持着死亡无法扑灭的一次次诞生。

所以，妈妈
临时——这位被泪水供养的、永恒的雇工
每日拨去一粒生命的算盘珠
可那又怎么样——

当太阳率领灿烂众星从海豚座
返回此地，遥远的武仙座已开始闪耀：

您端着饭菜走出厨房，我双手接过，
爸爸、弟弟和妹妹，全家人坐在
有一盏灯围拢的温暖餐桌旁——

李南的诗

李南，1964年出生于青海。1983年开始写诗，出版诗集几种。现居河北石家庄市。

中年以后

再也没有惨烈的惊涛骇浪
再也没有背叛和不忠
时光，终于可以用来回忆了。

夏花、秋霜和冰雪不再代表季节
而是你心中的悲喜。

慢慢从书厨取出一本旧书
重读。年轻时省略的愁云晦雨
现在发出一道道金属光泽。

终于可以专注地祷告了
向你的上帝陈述生命中的种种奇迹。
那些能够摧毁你的事物
你只需用两根手指轻轻弹去。

偶尔也去郊游，去千里之外看海
把心仪的朋友请进你的晚秋
在诗句中埋下阵阵马蹄声。

中年以后，你还需要和某个人
有一次通宵达旦的交谈
哪怕之后，永世不能相见。

去佑宁寺

青海互助县以东 35 公里
山洼中长出一片金灿灿的寺院。
经幡、转经筒和藏式建筑
到访不遇的转世活佛。
薄雾缭绕山梁
细雨落地，无声无息。

哦，故乡亲切，故国难回
故土就是清水的贵德，浑水的兰州。
当我打问一位高僧的下落
赞丹树下，红衣扫地僧摘下口罩。
有些事情并非我所能解释
落叶纷纷把我围住——旋转，旋转。

春雨沙沙

二月的最后一天
春雨不请自来。
它是不是曾经的冬雪
摇身一变成了纷纷春雨？
雪松卸下重负
长长地呼出一口气
喜鹊在集体闭关

它们并不担心明天的食物。
花朵们开始精心策划一场盛开
而蚯蚓在地下更加忙碌
严酷的风景，变成了柔和的风景
爱过的人，变成了认识的人。
这辈子有太多的事物
变成了无法破解的谜团。
我问春雨
春雨不答
只是反反复复——
淅淅，沥沥，沙沙……

与发小通话

不速之客闯进了我的童年
一个、两个、三个……
半个世纪前的青海生活
神奇地得到复原。
西宁，多伦多，无锡，北京，石家庄
命运把我们播撒到各地。
当中年茫然空虚之际
我们又连成一线。
生活，终于呈现出它本来面貌——
不仅仅有贫瘠的沙地、白杨树
统一的课本和共同的老师
潦草又懵懂的青春
成年后的果实
平凡日子中的枝枝蔓蔓
简装的思想、分裂的三观
还有比死更惨烈的活……

池凌云的诗

池凌云，1966年出生于温州瑞安，1985年开始写作。著有诗集《池凌云诗选》《潜行之光》《飞奔的雪花》《一个人的对话》，部分诗作被翻译成英文、德文、韩文等。曾获《十月》诗歌奖、东荡子诗歌奖·诗人奖。现居温州。

井

在一个古老的巷子里，
一口灌满了风的井
告诉我它的所见所闻。

一枚收集灵魂碎片的透镜。
叫人向深渊凝视，
却祈求一把无限延伸的梯子。

有时，我们带着石头旅行

我读一本诗选，我想，或许
我们一样孤独。有时，你会带动我
从虚无中寻找点点繁星。
有时一些音乐触摸我们，有时
戛然而止，让我回到这贫乏的日子。

我在一些词中寻觅。因为爱

溪流向大地靠近。干裂的土地
奔向悬铃木，和成群结队的飞鸟。
可有时，我的痛苦在加深。

我回到最矮的草木中。
有时，我们带着石头旅行，
朝向宏亮的音节，渴饮。
有时，在人群中屏住呼吸
进入那飞行之境。

我们赞美那袭来的风暴，有时
被摧折。我们受伤。而有时
我们为彼此的光目眩，因而
我们给所有植物以清凉的水。
给无止境的黑夜，以反抗者的轻盈。
给埋藏的词，以垂落的一舞。

跃动的火焰

今天的拯救者，是一只麋鹿。
从它身边经过的光，
触及最黯淡的睡梦。

带着我们一起奔跑吧。
我们在狭小的空间跃动，
像木偶，踩着细细的缆线。
我们有新长出的两条腿。

敲一敲木头

有人已经试过，在虚空中敲击手指，
召集幽灵。而为了好过一点
有人去敲击木头，以证明灵魂
的存在。我试着去理解这些伟大的人
倾听木头的言说与呻吟。
我搬出木柜，木抽屉，给它们擦拭灰尘
对它们朗诵诗句，而这些
让我得以成长的，不知何时
已进入了寂静，耳廓和耳垂
在不知不觉中倾斜，变形。

我感到悲伤，我不再年少
却需要练习一种新的听觉，
学习倾听岩石与颗粒的撞击，
倾听铁砧的敲击声，在无声中
被传递。“敲一敲木头，
为了好过一点”，那克制的声音
在灵魂之间传递音调。那虚弱
喑哑的炸裂声，拒绝收买。
现在，那些半透明的人
换一只手，继续敲击着木头——

注：敲一敲木头，为了好过一点，并且也是为了一个48岁的灵魂的未曾中断的存在。（茨维塔耶娃）

冯晏的诗

冯晏，生于60年代，当代诗人，随笔作家。80年代开始诗歌写作并在国内外发表作品。出版诗集《冯晏抒情诗选》《原野的秘密》以及诗丛诗集《吉米教育史》《与从前有关》《边界线》《小月亮》《意念蝴蝶》《焦虑像一列夜行火车》等。

好久不见

隔着尘埃隔着噪音，我的手摸到空瞬间抽回来
感官是随时可以挥发掉的
抹去也是一种惊吓，像一团雾
隐于脑中的一条由山路变成蟒蛇的弯曲度
梦正骑着它，骑着象征性
人类所熟悉的想象力
通过我泄露于文字内的演算法则
隐喻住进我身体的壳内，逐渐达到沉默和个性化
继续吧，忽略掉四肢轮胎般被磨损的疲惫
守护一种细腻感，就像无意义对于活着
对于每一个被解构的词，去重建意识
为了离开一个悲哀，跳进另一个，为了过程
五官的清晰度以及给万物命名什么的
这些都不重要了
睡在荒野，细胞记忆里那一段，笔记里不必有
不必有愤怒，就像区别生活和活着
不必有诗意就像我努力雕刻但并不期许
从被网住的鲟鱼我认出人类，后事不属于

方法论，只是时间被取消了
此刻，我还属于 300 度远视里的旁观者
一个视觉纤夫，目光拉着陈年重物
佛龛贡品边，一枚海螺壳风干一片海底
我听到虚无主义的涛声又壮大了
昨天诗会我收到飞廉一本诗集《不可有悲哀》
不知他是否想抹掉萨冈《忧郁，你好》
抹去轻音乐，单簧管，现实主义过去式

距离

刺穿球体的冲动让你所经过的每一片海
每一株灌木，每一杯烈酒都在告别
都构成了你与情感之间半径和迷宫
移动丛林的手牵扯着你与飞禽和昆虫之间的
爱与分寸。每一种野兽都是寂静在先
飘呀飘，巨大气体生成收缩如时间上的寒意
你渐渐成为你所接近过的木头
鸟巢，或一条搁浅港湾的船都不奇怪
每一束促使你变亮的光都来自对黑夜的出逃
海拔与你的眼睛建立了从 45 度斜角
到 90 度直角的危险关系
你只是多种可能性中一个转身
每一份存在感都有一个神秘星座
带你落地，每一滴血都将成为一块冰石
午后，你给一只掠过窗前的褐色翅膀命名时
陷入空白，就像词语与新物种一刹那偶遇

现象学

口罩把满天繁星背后虚构的嘴唇
捂得更严，空气除了穿过防护墙找到爆破音

还穿过疑虑，找到一根可以逃出乏味
向空间攀岩的绳子或藤蔓，你由此紧握的手

并不是愤懑而是要抓到新鲜感
你怀念他并不是因曾经赶路，披星戴月

而是一个人影在心脏上长期发热
你在记忆上来回迁徙像一群野马之一

存在哲学在无序的某一刻与面包，牛奶
和几粒胶囊构成你身体的一致性

从发麻恢复过来的指尖你庆幸又熬过了
疫情时代的其中一晚

日出对于活着就是再次拧干
湿毛巾上的水，你被蒸汽推进梦的更深一层

被蛇形河流，入海口急促呼吸的红兽环绕
无法挣脱，被少年拖回去潜水

浪花露出牙齿并不是世界在某处笑
你所到之处不断在时间里变形，搅动着体内

路也的诗

路也，现为济南大学文学院教授。已出版诗集、散文随笔集、中短篇小说集、长篇小说和文学评论集等二十余部。

致一位生日相同的诗人

今天是我的生日，也是你的
现在，我刚好活到
你死去的年岁

度过这个生日之后，你又活了
二十五天

举起酒来，敬你一杯
你的背后有群山，有矿脉
双眼亮如星辰，额上刻着不朽

贫穷和恐惧，是哀歌和十四行
写给他人的挽歌，最终为自己安魂
分不清何种语言才算故乡
祖国就是一直在路上

谁此时没有生计，就不必筹谋
谁此时单身，就永远单身
世界落入凡人之手，你生活于未来之中
人间最后一幢屋，周围栽着玫瑰

穿过泥泞，你被雪橇拉上山冈
身上睡着一个欧洲
你已将那个绝域破译
目的地是广漠无垠

风雪交加，这是严重的时刻
面对古老的敌意
诗人有自己的时间表
在最冷的冬日诞辰，并且死去

野菊来函

诗人你好，我已在村路和山崖开放
一朵朵，一簇簇
毫无疑问，我姓陶

我的清香已渗进秋天的动脉和静脉
石头和石头受香气牵连
结为了兄弟

我已有了一件风的罩衫
还缺一件薄雪的外套
在秋天和冬天的门槛上，我才开得最好
倘若你肯为我写首诗，我就什么都不缺了

你何时到南山来
我想请你指挥一个漫山遍野的乐队
在这里写诗，写坏了也值

是的，我已得到天空的允许
成为一丛野菊，不进入任何园圃

佳期如许，恭候诗人到来
南山野菊敬上

答复

我就是一个不想当元帅的士兵
我连士兵都不想当了

我的马力很小，腿也不快
双手插进衣兜，四处晃悠
天天乱翻书，喝着咖啡

时间被时间占用，空间被空间占据
在旷远里什么也不做
就知晓谁是第一推动者
天与地平行，我成中间那道垂直线

面包有了，牛奶有了，还要卢布干什么
想活成天空和大海的模样
想活成风的形状
请不要给我多余的东西

这不是冷漠，我的心脏反而比常人更热情
想要的比胜利更多
它在郊区的半山腰
想跃上山巅，够到星辰

颜艾琳的诗

颜艾琳，台湾人。1968 年出生，辅仁大学历史系毕业。曾获“出版优秀青年奖”、创世纪诗刊 40 周年优选诗作奖、全国优秀诗人奖；著有《骨皮肉》《黑暗温泉》《她方》《吃时间》等 20 本书；重要诗作已译成多种外语。

走去

一天，即将盈满。
工作结束
桌上的插花却凋零了，
夕阳偏照，高楼的阴影长了出来
时间在我身上种植虚无，
一切都静默。
此日流逝
归鸟聒噪提醒，
想来愁眉如禽羽
得寻空间放飞。

那是海边
那是时光休憩所在。
此刻夕阳空空荡荡
在海上成为灰烬。
你遥远而模糊的身影
在我面向的海平线
乡愁一般地走来

张战的诗

张战，湖南长沙人，现居长沙，1963年出生。已出版诗集《黑色糖果屋》《陌生人》《写给人类孩子的诗》《张战的诗》。

请给我看看为我出生写的邀请书

霜降日
太阳依然崭新
是谁给太阳寄出了今天的邀请书
金纱轻摇，垂自那高不可及的天幕
我们自欺欺人
将那里命名为空

词汇贫乏时才知道我们依然是野兽
一小把名词握在手心
摆弄来摆弄去
像是不知哪一位神送给孩子的几颗糖果
当我们言语
无限的神秘以暴力
按住我们弹动的舌头

今天
我的粉色粗布床单在顶楼被太阳划开了皮层
血液爆裂芳香
有的生命为何不能与所有生命共生
我的有生之年

如果不是太阳把我一遍一遍洗净
请撤回那封使我出生到这世界的邀请书

我的母亲今天真的很美丽

我的母亲今天真的很美丽
只有盛开的榆叶李配做她的姐妹
榆叶李盛开
我母亲白发明亮
榆叶李如烟似幻
我母亲一生轻盈

我的母亲今天穿小圆翻领的黑羊绒上衣
我故意不帮她捡去落夹在头发里的花瓣
母亲的白发和榆叶李花
玉片的光
春风的曲线

我的母亲笑着说起她的儿子
酒鬼
歌唱得好
自己过生日就是做一顿好饭菜给别人吃
现在又爬在脚手架上
唯愿他辛苦能多挣点钱

也不怕——只要你们个个平安
你，胆大包天
小时候三次差一点死去
有一回，那一回，还有一回

我母亲今天的话花瓣一样稠密
用花瓣她也能给我们建一间结实的屋子
这里好看，那里好看
我搂着母亲的肩一一指点
我认真看了咧——
母亲的嗓音像刚擦亮的白银

我的母亲今天真的很高兴
我的母亲是满头白发的春神
今天在一棵盛开的榆叶李树下
我偷偷拍下了她的背影

遇雪

雪有灰烬之美

它藏起自己的影子
假装自己轻

它什么都不写
铺好纸
让别人写

它假装自己不曾是火
火之前
不曾是树木
树木之前
不曾是花朵

它假装自己不曾是水
如珍珠
当那人用柔软的唇
将它含住

我小时候爱笑

我小时候爱笑
笑起来站不稳只好往下蹲
很多时候知道自己笑得不对要犯众怒
我只要默念一句：舅舅死了
心中一懔立刻就能不笑

那时我的舅舅真的已死
所以这一句成了我止笑的魔咒
我也常常假哭
不知为何最后都变成了真哭

但假笑不会变成真笑
如果一直假笑
最后也会变成真哭

也万万不要把不能自拔视作真爱
愿你离开那些让你不能自拔的事物
太强烈的光如同黑暗
没有影子
没有荫蔽

安琪的诗

安琪，本名黄江嫔，1969年2月生于福建漳州。中国作家协会会员。《诗刊》社“新世纪十佳青年女诗人”。独立或合作主编有《中间代诗全集》《北漂诗篇》《卧夫诗选》及随笔集《女性主义者笔记》《人间书话》等。现居北京，供职于作家网。

集萧红语句以纪念这位天才女性

在乡村，人和动物一起忙着生，忙着死……
呼兰河这小城的生活也是刻板单调的。

严重的夜，从天上走下。她们全体到梦中去。
人间已是那般寂寞了！

早安，白薇

早安，白薇
露水中的小广场黑褐，清幽，苔藓茂密
早安，青石板台阶和无人踩踏的寂寞，寂寞的白薇
你好！
我来自漳州你爱人的故乡
我是杨骚故乡的诗人我代替杨骚看你来了白薇
我的前辈！
你和杨骚爱恨纠缠的一生我了然于胸过
不胜唏嘘过

心痛过不平过
无可奈何过
你我相距数十年但再漫长的距离也无法消弭你我之间的共同
我们都是女人!
都在爱中狂喜过绝望过
都被爱火照得光彩十足又被爱火烧得伤痕累累直至
心死。
早安白薇!
你打出的幽灵塔我还置身其中
你打出幽灵塔最后到达的却是余生凄凉的晚景
你蜷缩藤椅的白发身躯弱小，无助。藤椅是旧的
你是老的
你对一个来访的青年说，我的爱人在漳州。
那个青年姓杨，名西北。
那个青年是杨骚的儿子
却不是你的儿子。

九龙公园：给陈唱

从九龙公园奔跑而出的
漳州的孩子
其中必有一个你：3 岁的小手
紧紧抓住旋转木马
歌声中飞升的笑脸
成为妈妈关于你的最深的印记
3 岁的小手
还能牵到妈妈的大手
再过 730 天
狠心的妈妈就将掰开你的手
去往北京

再过 5840 天
狠心的妈妈路过九龙公园
四处张望
不见 3 岁的手
3 岁的手已长到 21 岁
21 岁的手
可以拨柳琴
可以弹钢琴
但再也不牵妈妈的手

读施施然钢笔画像有感

她的线，柔韧，强劲，听从她的调遣
她的线，有时满，有时虚，有时轻如
飘雪，有时沉如泰山

她的线识得了画中人性格，洞察到
画中人灵魂，她的线每一根都活着

她的线藏留有
星空秘密的抓痕和第一缕晨光挂在
蔷薇枝上的剔透，她的线仿佛记忆
打开缺口，纷涌出前尘往事

她的线一直在她
安静的笔下潜伏着这一日她放出它们

它们就花开一样
惊涛一样、针尖一样、猛兽一样
美你、扑你、刺你、噬你

胡茗茗的诗

胡茗茗，籍贯上海，现居石家庄，生于60年代，出版诗集《诗瑜迦》《诗地道》《爆破音》等。

洞见，于大风洞

我用整个春天来猜想一片竹林的死因
在一个暮晚，清明
我看着车厢节节呼啸而过
装载过往、病苦、茫然无措和欲望
我目送它们消失，翻身来到大风洞口

是谁来过，谁又小坐后离开
是谁让野花摇摆接引人群到来
让洞穴的幽深、炫彩；让钟乳石与地下河
打击我们，敲响体内的编钟与大提琴
回响，在洞穴的皮肤与皱褶间
又是谁，用宽袍肥袖与长发，安抚我们
——暗处的心思与危楼

靠近，我七亿年前的老友与美酒
——你的呼吸、微醺，残缺故事与千古愁
用一整夜来听雨或注目长长的木桥
唯有沉默，和竹林摩挲之声
十二背后的背后，恰是留白和如鲠在喉

有关秘密，它以百年 0.6 毫米的速度生长
有关匕首，它插在北纬三十度
有关生死，我们依旧一无所知
并惊愕于洞穴深处一颗凭借微光活下来的青草
大风景在前，人必须后退，或归于零

一江水，满目山，明河，暗河，王的疆域
明明是我们在你的体内穿行
可你却用时间的琼浆将我们注满

防御术

黄昏刚至，这座城市就睡了
准确地说还有些日子方能醒来
我给花浇水，对它们说：活下去
我想成为它们中一员，或者它们根本就是我
远方的朋友们，我在窗内
对你们每个人举了一下酒杯

亲爱的狮群在围攻一头亲爱的水牛
水牛浑身鲜血睾丸被撕咬仍坚持不倒
倒下去就是死
我没有看到不远处牛群的眼里
集体的恐惧，或漠然，也没看到
原始的撕扯、吞咽、歉意与矛盾的牺牲
我及时关掉电视，这是我在这坚固房间里
唯一能做的防御术

但愿，露出墙壁的半截钉子
头顶光亮仿佛救世思想

但愿，锤子的对手不仅尖锐
更有浑圆的阻挡
仿佛一双手猛地拍在水面上

告别之诗

“当一辆车告别天际，当一艘船告别海底
当一个人成了谜”，我听到轰鸣

在轰鸣里我步步告退
——爱着的烦着的你们
一步步告别——来过、记得、负责的世界
我将带着他们画上句号。“一个不漏”
这是今天大喇叭里的口号，何尝不是
我们的一生，用每一口气
深刻的温柔的受伤的——说吧

谢谢你也谢谢他，她，是时候了
此时我充满告别之心，晚安之心
回头看见，忽远忽近，天上地下
——谁的目光，是幸福感是保护色

数一数手指，大寒过后，不久立春
立春，人人有绿色健康码
“耕牛满地走”，想想就兴奋

立春，是广陵散，是一斛珠
是处方药，也是疫苗
微笑的人儿出入自如
每一天都重要，每个人都重要

这一天藏得有点深

谚语里到处都是隐喻
立春，“黎明即起，洒扫庭厨”
接下来储存雨水，待惊蛰过后
主妇们就开始翻晒了

西风有点美

西风有点美，花飞绿叶灰

做完第三次核酸检测，松口气
我漫步楼下花园，在小空间里
闻到自由的清冽

一些风吹着一些风
它们专找人的空洞处吹

西风有点美，蔷薇憔悴
一些风寻找一些风
月光出来拿走它们的天真

一些风汇集一些风
让静水变成滔天海啸
虫蛀的大树拦腰折断
却让柔弱的小草活下来

一些热爱一些风
一些风埋葬一些风，和它巨大的秘密

孙思的诗

孙思，生于60年代中期，祖籍江苏，现居上海。

蓝月谷的水

在蓝月谷，很多花和植物与水互为比邻
它们眼里的彼此，云淡风轻
从来不会被挤压，被鄙视到某一个极端

世界不能用来挤压和鄙视
就像时间不能用来赶超一样
外在的世界只有在静观中
才会彼此敞开

亦如蓝月谷的水
敞开了，月亮才能投进来

蓝月谷的鸟

一只男性鸟从远处飞来
落在一朵花上，被刺痛了
立着嘴叫疼

它不知道，同时给它美丽与刺的
是一些花的秉性，更是女人的秉性

另一只男性鸟飞来
落在湖边，一边温文尔雅地踱着碎步
一边低头看着湖水

它在担忧，如果从湖面上掠过
投在水里的蓝色影子
会不会让女性鸟们发疯

孙冬的诗

孙冬，哈尔滨人，南京财经大学教授，诗人。1969年5月20日，出版专著、译著、编著若干、学术文章20余篇，诗歌和评论散见于国内外刊物。

你的读脑

你的读脑——
密集得像一个植物洞穴
广阔得像上帝之躯

读是看，更是听
听音节到声音的爆破
大地深处在放屁——
听知了的微型电锯——那里整个一个
建筑工地——
听世界持续低烧，它越过
山野进入创伤

大如天空，深比海洋
和狄金森的大脑相提并论的——
读——它的疆域远大于
知识的安居工程——

什么读
分子般速度穿过——

制造了弧线，省略号和破折号——
在大脑中，与其他阅读为敌——

飞蛙

飞蛙们一心研究空气力学，他们缩头、空骨、减轻重量，给心肌注入毒素保持耐力，他们在温水里飞，在瓷釉上飞，在书本里飞，从一个长翅膀的蝌蚪孩子长成了有翅膀的大人蛤蟆，大部分时间他们像时钟一样静止（他们有一块水晶手表和格子办公室）但只要瞄准了食物,他们会突然像一辆折叠自行车抖落出全部的零件,垂直起降

飞蛙们的超感催生超出他们自身能量的渴求,他们渴求纤长的藤蔓,像植物一样钩织一个网络，渴求晦暗的力量向他们敞开。

他们的土名是跳鼠洋名是华莱士蛙，他们的曲率驱动系统使前方空间收缩后方空间膨胀，让现实充血，宫缩，让自我喷射而出，从而承受超过从头到脚方向 10 倍的加速度重量和反道德定律

只有十分之一的飞蛙能进入加速度轨道而不缺氧而死，还有二分之一受到月亮的影响跳到历史的反面,剩下的飞蛙成为这雨林之王,他们收起折断的机翼 @ 媒体打算说点什么

没有人一心想要做一只飞蛙
是风是月亮是潮汐

阿毛的诗

阿毛，籍贯湖北仙桃，现居武汉。1967年3月出生。出版有诗集、散文集、长篇小说、阿毛文集（四卷本）等近20部。作品入选多种文集、年鉴及读本。曾获多项诗歌奖，部分作品被译介到国外。

删不掉

那些消失了的内容
以条目
空存于删不掉的链接里
像还没有被后工业推倒的墓碑

无奈的诗笔
忽略
露出树桩的水杉林中
表演水上漂的特技

搁在荒凉的街道和微曦的阳台上
泻下的毛毛雨里

笔触
追随着漂泊者
沿着废弃的轨道回到旧床上
如睡在颠簸的火车上
所谓前行

终归是
跟随宅基地旁的汉水
居栖地的长江
去到达欢聚的海洋

而垂暮眷恋着年轻

——那时候相爱的人
泡沫之下
也有月亮药片
越来越远的故园
与诗
和不存在的乌托邦

恰如
读到书卷最后一页的悲伤与绝望

女神传

电视机罩的绣花
从前
它们出自手工姐姐的细女红
现在来自机器妹妹的加速度

从线头看到的青丝、银发、红纸……
从镜头看到的彩染、纹眉、漂唇……

我们，或后来的她们都爱过
现在依然

还有，丁克、中性……
和女权的万千形式

满屏的女神
你自己也恍惚其中

可有一盆真实的冷水泼向
这个浮夸的虚欢之日

你其实共频于此——

那些善良、朴实、勤劳……
默默活过的她们
才是女神

那些以爱头顶天空、足下土地
而爱了全天下的她们
才是女神

而你，只是口头的女权
只是要义的花边

“不好意思！
对不起大家，真的对不起了！
我只为退出这个节日的她们
而鼓掌！”

宝蘭的诗

宝蘭，60后，居深圳。中国作家协会会员，中国诗歌学会理事，广东外语外贸大学创意写作中心导师。参加诗刊社第10届“青春回眸”诗会，荣获2018·中国十佳当代诗人奖、2019·第四届中国长诗奖。现任《特区文学·诗》主编。

所有相遇都是一粒种子

梨花还开着
我遇见一个让我晕船的人
从此不分东南西北
你一个眼神便调走我千军万马
有你的地方便是前方
我臣服于这样美好的事物，甘愿为你丧失兵权

世上那么多的种子
来不及看一眼便埋入土中
我们也有逃避不了的宿命
稻田里长出个高粱
我们尊重万物生长的权利
既然携手上岸，我们懂得
就是天也有阴晴圆缺

爱就是，最青黄不接的时候
我们总能找到发芽的土豆
并从臭豆腐里吃出香气

爱就是，一身布衣
满腹经纶却时常说着嗡嗡废话
爱就是，见缝插针细碎的牙齿咬断花线
挨刀之痛顷刻间便好了伤疤

佛冈一夜

我一向厌倦高速公路的苍白
路虎发现 4 过广州城，向北一小时，沿山路蹦蹦跳跳
高兴得像个青皮后生，入佛冈县

阳光富足，初云大朵如花盛开
相信了，有些云比另一些云更幸福
我们不时停车抢拍，左边、右边、头顶
手机忙不过来，生活的皱褶
被这冲天香气撑开
倦意全无，想必这是南方最后一片净土

那一夜，几十个诗坛前辈
和爱诗的人们围坐着由想象之花拼接的长台
在郊区小院里喝茶、饮酒、聊家长里短
大家都不说自己是谁，不谈诗
诗意已入骨在髓

我想起家乡，此时正深秋，父亲的小院该长满杂草
想起多年后，仍然不敢涉足的那个下午
我在黄昏的屋檐下，古战场上落满隔世的仇恨
天被拖入深渊，小桃红拿起掉在地上的弓箭
我看见大别山主峰上，有马跑过的痕迹

而此梦在佛冈甦醒
月亮像一首要命的情歌，让流星在半路停了下来

梦回周庄

那时想要什么都有，包括去周庄以外
骑上春秋的战马，读一本无字的书

而那天我想做一棵古镇的树
水边养着精神，等一朵云的诞生
如果云不开在别处
要有足够的爱让她安心长出来年

青石板、小街、老铺子
春闺、格言、炊烟、童话
周庄的水最懂难言的苦
过往的风，活在三餐四季以外

三毛书屋，几个散装的女人拼台小憩
老照片在静止的墙上发出婉约的暗示
一粒基因突变的种子带着禅性
瞬间蹿成高过牌坊的浓荫
闯开了那一生一世的门

古桥，又回到默片时代
水面的放映机像齿轮一样咬着岁月
所有的春天都放出败在怀里的桃花
笑你哭着把爱情还给生活

我盘腿临水而坐

多少人赶来重复与前人相同的悲欢
这里有足够的水
洗白风月
我们上过同一条船
三生如梦只记得一个码头
你伸出双手扶我上岸

夜鱼的诗

夜鱼，本名张红，祖籍江苏东台，现居湖北武汉，1969 年出生，已出版诗集三部。曾获第七届叶红女性诗歌首奖、第二届屈原文学奖、首届孙犁散文三等奖、人民文学征文优秀奖等。

卡萨布兰卡

牺牲成就的爱情泛黄了
依旧让我沉醉：格栅光影下
黑礼裙倚着白西服
隔海犹唱的酒吧，以及
谓我何求的大雾
都卡在命运里
卡在命运里的还有某个旧影院
坐在黑暗里的我
眼眸像星星，全然不知
由此滋生的锋利，将截断我
成型或未来得及成型的爱情
我曾随性地爱，又潦草地分离
唯有卡萨布兰卡式的惆怅
让青春消失得高贵又艰辛

归宿

仲春的田畴，桃花已谢

油菜花则开得正盛
岚烟笼罩下的村庄，潮湿冷清
只有雀鸟儿有着异常的欢欣
鸟鸣声中，你指着高高树杈上的鸟巢说
“好多年了，越搭越大。”
是啊，自然界只要不出意外
它们就可以构建自己的宫殿
我在想那衔来第一根树枝的鸟
不知已化成了哪一滴春泥
继续前行，行至荒地传来狗吠
而远处类似砍剁的声响，也一直持续
你回归不久，猜不出声响的源头
又有太多的回忆
那些生于斯长于斯的情节
就像衣服上沾染的花粉
潮湿地黏附，丰富又细腻
再没有什么可以打动我了
我将归宿于此，或者
在几百公里之外
凝望这里

荒村

除了新春祭祖留下的红色碎屑
再无人迹。好在初春阳光明艳
湛蓝的天穹下，幕阜山
绵亘得又是那么欢悦
一种极贵重的静
在断墙夹道间凝聚
我在一间间空屋门口探看

木窗、门扉，没有任何防备地
敞开或关闭
被弃，是宿命
荒废，则是自作聪明的主观判词
对于那些曾经烟熏火燎过的红砖来说
离彻底倾圮，还有大把时间
可以生出绒嫩的苔藓
此刻，它们婴儿般的鲜嫩正安抚着荒寂
我坐在一截矮小的残垣上小憩
在你宽厚身影形成的
温柔庇护下，不必担心任何事
此刻我刚刚萌生，此刻不是永远
但我们可以永远
就这样荒无人烟地爱下去

晚宴记

暗底纹的丹凤牡丹，涌到脖颈处
被改良的古典，如任意截取的一段岁月
在现代的奢靡里错身其中
她捏着衣服下摆，细细把玩
一枚扭绞复杂的盘扣。丝棉有不易察觉的晃动
她裹着旧图腾悄悄逆行
浮生若梦，总是这样，对面的人一坐定
神情大同小异
又或者活着活着活成了面目相似
时间不断镌刻，又不断淡去
却从不揭示事物内部勾连的真正原因。那些隐秘
不是静止的，如不小心打翻杯子
白色餐布上的茶渍短暂地相融相吸

如她，无数次潮流之后依旧热爱纯棉的质地
他们起身告别。各自遁入人流
越过霓虹、车流、种种诡异的世相
她因明白了时间
热衷于逆行，并确信终将与故人
在逆向的气流里不期而遇

叶玉琳的诗

叶玉琳，1967 年生于福建霞浦，现居宁德。著有诗集《大地的女儿》《永远的花篮》《那些美好的事物》《海边书》等。现任中国诗歌学会常务理事、福建省作家协会副主席、宁德市文联主席。

唯有大海不可临摹

为一个使命，蜿蜒向东
蔚蓝乐章在海的另一头沉浮

风暴随时会冲上堤岸
大海却始终秘不可宣
时间之海也是海
这旷日持久的捶打
让海蚀洞绽开缝隙
谁能躲过那逆向的水流
谁就能卸下内心的湍急

有时，看似毫无波澜的内心
也能找到大海的乳汁
它日夜滋养着我们
你听，诗歌正在远航
唯有大海不可临摹

故乡黄金海

如果一首诗能写尽大海
那它就不是大海

海中也有五千匹骏马
海中也有草木之心

有用力摇匀的酒
也有来不及倾倒的灰

这是一个人的海
年轻的海，年老的海
病中倦怠的海
凝神康复的海
藏着人间悲喜
把时间冲刷成岛屿
把仇人变成亲人

即使是微弱的海风
也交缠着空旷的爱情
还有更辽阔的港湾
它也在航行的序列中

静穆，或等待
都只为一轮落日
把金灿灿的钥匙
重新别在故乡的胸怀

钟硕的诗

钟硕，1969 年出生于四川成都，曾获 2013 年北网国际华文诗歌大奖·首部诗集奖、2015 年度《安徽文学》评论奖。著有长篇纪实小说《民王朝遗民部落》、诗集《绮语》和长篇小说《末代夜郎王》等。现居贵阳。

数羊

失眠时有人教我数羊
这是个损招但充满诗意
矮栅栏那头青草繁茂
挂着晶莹的露珠
跳过去的羊一只接一只
没有预留肉身给人间
动作轻盈而飘忽
如同云朵，且忽大忽小
数着羊我渐渐有了好心情
感觉自己就是一张不停被翻动的烙饼
或是一块尚欠火候的煎豆腐
这床就应该滚烫，不断翻动着我
翻动着羊群、草木和素食
原野、厨房和厅堂，不同的香气
还有亏欠着的一切
是的这一瞬我着了迷，这一瞬
我昼夜莫辨。

灯豆先生

为再次证明，春情和坠落
都是轮回的假象
你不必是人的模样。

我接受这样的遥远
所有旧物，给它以橘黄
任它跳成半透的光
恍若重复撒落又捡拾的琥珀。

这当然不是开头，也绝非结局
等一抹青烟在灯花上隐去
我就会翻过这滚烫的矮墙
走上那条泥巴小径。

有寄，末日之诗

蝴蝶飞过，我向它的心脏致敬
老虎走过，我膜拜它的利牙
猴群跑过，我一个激灵
羡慕它们有一万只任性的虱子

是的，每次我都要做一做深呼吸
生怕遗忘自己的祖训：
识得高远，随缘不变
小事交给老天爷
大事交给蚂蚁或时间

哦，果然无人能知

这一天三叶草铺就的大地
终于把自己弹成灰，送给了我
落日掠过天边的当口
我是最后一只撞向它的飞鸟

魏晋赋

这蝴蝶醉酒，六亲不认
不就独食糟糠，生死寻常？
三月里踏青和涂抹蔚蓝
多么的美妙
一会儿如果我被神灵捉住
大不了交出体内的五石散
末了我会以猩红蒙面
继续对这等人间的烟火
习惯性蔑视
习惯性荡漾
我爱这宽袍和春风
金虱满袖，且芬芳摇移
什么苟且、诗和远方
一切修辞性的伪问题
与我毫不相干
且看我喉头漆黑
锁骨藏火。

马兰的诗

马兰，河北衡水人，出生于1969年，中国诗歌学会会员，河北作协会员，出版诗集《流光》。荣获首届艾青微诗大赛二等奖、第三届“诗探索．春泥诗歌奖”提名奖、易水诗歌奖、荷花淀文学奖等。

恩情

光，斜斜地打入窗子
悬空的舞台
我看到了那舞动——

纤小的尘埃，在光里翻转、漂移
上升、落下、隐去、再现——

闪亮的曲子响起来
万物都消失了，只有它还在

不是美，是在自由里飞
不只是飞，是在光芒里飞

大地温暖了所有死亡

赞美秋天
红苹果为我落下来

众多的生命离去也并非伤痕累累
甜甜的气息让我安静
我活着，不值得万物为我反复死去

赞美秋天，赞美最初的誓愿
果实落在大地上
叶子落在大地上

大地温暖着所有死亡

秀枝的诗

秀枝，本名金秀芝，吉林通化人，60年代末出生。中国作家协会会员，鲁迅文学院新时代诗歌高研班学员。著有诗集《雨中的向日葵》，曾获“冰心儿童文学奖”、第五届“吉林文学奖”、第六届“公木文学奖”等。

每天往血管里注一次水

每天往血管里注一次水，约等于
每天要走同一条路去上班为稻粮谋，约等于
每天在QQ上和独自在远方的孩子说声亲亲、抱抱，约等于
每天下意识地想那人在干吗呢？约等于
每月都有温热的血滴从体内悄悄流出
约等于
每年都数次极想回老家看一看爱我的母亲
可是，母亲早已经不在了……

这段时间，我每天都被人往血管里注一次水
散发怪味的药物，掺进我的血液里
向心脏奔涌，向脾胃扩散，向肌肉和筋骨渗透
它们成为我身体的一部分，终将你我不分
它们让干瘪的血管鼓胀起来，随即使疼痛得以缓解
它们和虚弱的肌体一道
缔造着我的气息，精神，思想，欲望……

每天往血管里注一次水，约等于

往衰败的生活里强加一些事物
不管是冰冷的，微小的，唐突的，危险的……
它们能让我活着，期待、无奈抑或是绝望

罗秋红的诗

罗秋红，1961年8月出生，现居武汉，湖北省作家协会会员，著有长篇小说《雪儿，你在哪儿》，诗集《罗秋红诗选》等。

多年以后

多年以后，我变成骨灰
睡到大树根系旁边
化身天使和闪电
超度一些扭曲的事情
你若经过我这里
请别为我哽咽的泪水感伤。
就当看到一个寄居山水的女人
把断弦琴当调色板，
涂抹弦上的歌唱

假如突然看见闪电掀起
飓风，割掉了恶魔的头颅，
请你也别吓得摔跟头。
你只需带着出生的睡眠，
望一眼闪电，
它便会告诉你
清晰的和弦。
它会对你说：
这是它在转世弹弓里，
做得最漂亮的事情。

Ⅲ

生于1970年代

宇向的诗

宇向，20世纪70年代生于山东济南。曾获第11届“柔刚诗歌奖”、《人民文学》“新世纪散文奖”、首届“宇龙诗歌奖”、“文化中国·年度诗歌大奖”、“刘丽安诗歌奖”、“第14届华语文学传媒大奖——年度诗人”、“天问诗歌奖”等奖项。

托尔斯泰修鞋

托尔斯泰写累了
就去修鞋
离开写字台
去修补他的鞋

他想悄声出走
烧掉所有写出来的字
如同很多写字的人
如同他放弃所有家产

托尔斯泰想累了
就去修鞋
从修鞋的屋子
他悄声出走

修好的鞋足够进深山
他栽的树也已繁茂
树下有一座坟墓

没有碑。没有字

亲近迷途

“书本”放在文学类
定价 68
“限时购”5 折买的
评论区有留言：是个本子吧
第二个留言：很好的一本书

封皮印着“如此亲近迷途”
里面是一个人的箴言、黑白画和空白
每隔三五页白纸
就印有一两句
以及几笔勾勒：
跑的垂头的被风刮的手脚并行的人
杂耍的紧挎的顽疾缠身的失踪的人
变态与人形交涉：人所能抵达的形

像偷看，我翻开“书本”
不写不画
不拆散
片片空白是他的人生

残酷的画

用笔建归属
为人得其所
光、树木、花丛亦欣然

用家中小钱
帮助同道
互为模特
29 岁。英隽、羞涩的巴齐耶
仅仅来得及
去拥有一场战争

另一个巴齐耶去地下室画大自然
停战。开战。一轮又一轮
计日以期
他可以活到一战
甚至二战
唉，高龄的巴齐耶
画也画不完的风景
偶尔：白茫茫画里痛失亲人
有一张尸体写生：爱人待葬

另一个巴齐耶走避他乡画教堂
画舞会。辗转着。画午餐
画日出。活下来。画裸体
老病时困在轮椅里
手坏掉就绑上 5 根画笔
画数不清的花

另一个巴齐耶哀求又怒怨
都没打动巴齐耶

子弹穿过的青年巴齐耶
倒进滚烫的泥尘
如同另一个巴齐耶
深深陷入无边的亚麻布

两个套盒

上帝在他的造里
造空间的空间：大鱼肚子
造时间的时间：三天三夜
在“要有光”里说：要有忏悔
忏悔室里的人名约拿
一个逃跑被抓回的人
忏悔室有名监狱

人不能逃脱之境名上帝
上帝是人不可逃脱之意
上帝之意是要人不逃脱

约拿在鲸鱼的胃液里
活三天
置不顺从的约拿于绝处
其必顺从于祷告
这是一颗心无期的
这条大鱼有一颗因迷糊而忏悔的心，名约拿
这心在忏悔，“我的心在我里面迷糊的时候”

（以上发表于《诗收获 2021 夏之卷》）

西娃的诗

西娃，诗人，作家，曾获首届“李杜诗歌奖”贡献奖，《中国诗歌》2010年十大网络诗人，《诗潮》2014年年度诗歌奖，2015“骆一禾诗歌奖”，《诗刊》首届“中国好诗歌”奖等。

上帝的味道

带着五个6–15岁孩子
玩精油，他们每人
画了一幅想象中
上帝肖像
我说，展开想象力
上帝是什么味道
把与之对应的精油
滴在画上

瘦高孩子滴了檀香
他说上帝像爸爸：高大，可靠
一个小胖子滴上
生姜，茴香，黑胡椒……
他说上帝是一道卤菜
灿烂小女孩闻着
玫瑰，天竺葵，洋甘菊……
“上帝是一座花园，好闻……”
戴眼镜的男孩
滴了百里香，茶树，麦卢卡

“就是这样，上帝
有皮鞋味道”

患轻度抑郁症的孩子
皱眉闻着
绰号为希特勒精油的牛至
附在我耳边轻声说：
“我经常在梦里闻到
尸体味道，跟这差不多”
她果断把它滴在了
上帝肖像上

他们，和想象中的女诗人

他们，拖家带口
吃尽周边的草
赏尽眼力所及的花
某一天
知道这人世间
存在“女诗人”这一物种
以各种名义进入你朋友圈

夜半或凌晨
他们从你私微里冒出来
有各种看似美妙说辞——

“……你长得可像三毛了
她是我少年时代女神
如果可以，我带你去
大沙漠，所有费用我出……”

“几年前就跟踪读你诗歌
你一定很浪漫，很超脱
会像诗人那样接受，我邀请……”

“……关键是，我发现了你
喜欢了你，找到了你
我虽然有家庭，但情人
是汉语里最动人的词……”

仿佛：女诗人都是草原上
野生的花或草，他们是
随意经过你的羊
想叼一口，就能叼一口

嗯哼……

孤独

酒后，我们狂舞
在草原的篝火旁

一个舞跳得极好的男生
在我的追问下
道出了好舞蹈的来源

他从小一直跟羊群在一起
滩羊是他唯一的伙伴
每年，有一些羊
总会发羊癫疯

他抱着发病的羊
它们的抽搐
都如电流一样
经过，并停留在他的身上

吲哚——死神的气味儿

摩托车刺耳刹车声
把马路拉开一道伤口
我们捂着嘴
看着这个横穿马路的小孩
在空中划出一道弧线
被抛掷在了马路中央
鲜嫩的血流出身体……

半小时前
这个还在珀斯粉红湖边
蹚水的白人小孩
扬起粉嘟嘟脸蛋
欢快笑声像他鲜嫩的血

可，我在他身上闻到一股
跟他年龄与眼下情景
没法匹配的味道

这味道悲伤又熟悉

在逝去外婆身上
在自杀女友身上
在暴亡舅舅身上

我一一闻到过

几年后我学习芳疗
知道这味道叫——
吲哚：百合花，茉莉，白玫瑰
……一切白色花朵里
都隐藏着它

余秀华的诗

余秀华，湖北人，生于70年代，出版诗集《月光落在左手上》《摇摇晃晃的人间》《我们爱过又忘记》、散文集《无端欢喜》，诗歌集《摇摇晃晃的人间》获第七届湖北文学奖。

不知天高地厚的人

可是我依旧相信我能等来一个春天，等来你
我要等到天说它有多高，地有多厚

我要在爱你的时候死去，让风把我葬在天空里
可是我依然把你的名字写了一百遍，每天都写

我要等这些红色的笔迹淹没我。等你的名字
埋葬我

这一个村庄的淤泥不能污染我。这一个村庄的世俗
谋杀不了我

我爱你。我改变不了这样的事情
我改变不了这样的羞怯
这样的耻辱

而你啊，是不会怜悯我的
你被幸福赞颂过的生活是不会怜悯我的

一点点掐死这爱的欲望

我躺在床右边，开了左边的床头灯
又把多余的三个枕头码在床中间

挡住它的光
仿佛挡住了他

有一会儿，我迷糊过去，梦见他进房间
一下子跳起来

月光在异乡透过落地窗洒了我一身
月光逮住了一个小偷

我是一个惯犯，还是忍不住哭
天亮之前，把一切都还回去
我捏紧拳头
却不敢捶打上天给我的禁忌

窗外霓虹一夜未熄
一定有彻夜进出灯火之间的人
和我一样
一点点掐死这爱的欲望

扶桑的诗

扶桑，籍贯河南信阳。1970年10月生。获《人民文学》诗歌奖、《十月》诗歌奖等多种奖励，入围2010年华语传媒大奖年度诗人提名。部分诗歌被翻译成英、德、日、韩等国文字。著有诗集《爱情诗篇》《扶桑诗选》。

雨停在傍晚

雨停在傍晚
像一辆长途汽车靠站
湖边的一列列山脉，仿佛沿途
遗失了行踪的乘客……

女性的花

——观乔治娅·奥·吉弗绘画

她看着那朵花，白色
肉质的花瓣仿佛
一张毛玻璃后
女人的脸
平静。淡然。
像一把反向撑开的伞
它撑开
不是为了遮挡
而是为了承接——

茨维塔耶娃传记阅读笔记

诗人的发声器官
不是嘴、声带、喉咙

也不是那两扇
拱门一样庄严的肺

诗人，无非是一颗
滚烫的心，赤裸裸——

它的伤口即是歌喉！

***

一个女人的声音
像箭
像白杨树的树干
根须，从她的血管畅饮

诗人，给自己的声音喂食
以自己的体温
生命！像喂食一头老虎

***

诗人活在他的声音里
躯体并不是生命

像撑杆跳运动员

死亡就是握在他手中的那根长杆

他选择最终的标高
恰如为诗篇收尾

简洁、有力
不假手任何神祇

金铃子的诗

金铃子，重庆人，中国作协会员，1970，中国国家画院曾来德工作室访问学者。著有诗集《越人歌》《奢华倾城》等。曾参加24届青春诗会，鲁迅文学院第17届高研班学员，获2008中国年度先锋诗歌奖、第二届徐志摩诗歌奖、第七届台湾薛林青年诗歌奖。

请点赞三号

辛巴猫咪对着她的诗集
露出两颗尖牙
它咬它的时候，有诡异的笑
仿佛知道，它的主人
刚刚完成了一场，拉票
仿佛知道，她的亲人们
在每一个他们能够到达的群
替她加油，呼喊
请点赞三号

仿佛知道他们与它一样，从来没有
读过她的诗

2020年，总结

今年出产病毒，出产诗歌

今年有三个朋友离开，没有朋友诞生
今年果实和落叶，都无足轻重

今年，离诗人远了一步
离死神近了一步

石磨

这个秋天，至亲逐个逝去
耕种的乡人，假为欢笑
那个从城南村，渡山渡水来看我的人
身背石磨“只怕你走遍天下，打着灯笼
也找不到这样好的磨子
没有用了，扔后院当摆设吧。”
我们围着磨子喝茶。果然稳当
果然不见风吹草动
只是，一日，夜深之时
听见后院响动。我隐在门后向外窥探
它独自旋转
祖母像一个年迈的守财奴
往石磨里小心地送豆子
嘴里嘀咕着什么
又白又嫩的豆浆，顺着磨盘流出来
我满心欢喜，看着豆浆咽口水
却不敢声响。只是磕头下去
瞬间，万物静寂
祖母也不见踪影。石磨豆浆的香味
似有却无

空山

那些飞进空山的鸟。消失了
那些踏进空山的人。消失了
那些水神、酒神、谷神、云师、风伯、雨师
走进空山就消失了
我蹚过小桥，齐膝的荒草
我也消失了

只有祖母在找我，着急地找
一棵树挨着一棵树找
她挖开那些土堆，密密麻麻的坟墓
喃喃自语，“这么好的孩子
这么好的，消失了。”

横行胭脂的诗

横行胭脂，本名张新艳，生于1971年3月，现居西安。出版诗集《这一刻美而坚韧》。在刊物发表诗歌、小说、散文一百多万字。

过风岭观落日

我很少凝望朝阳，但无数次凝望落日
有时候落日让我不知道怎么活

在蓝田金山过风岭
又一轮落日惊涛拍岸卷起我心千堆雪
我目睹它在狭窄的宇宙间死去
又在我孤寂的心间
一个词语一个词语宽阔地活回来

过风岭的风有多大，我不在意
原野上长多少种千年之草木，我不在意
我只在意过风岭仅以秦岭的一小段身份
也能培育出如此壮美的落日

每一轮落日最终都皈依了地平线
仿佛在讲述爱情
万千缕霞光扑入混沌苍莽
将不可救药的美埋伏在了我的心间

蒙古马传奇

据说，有一匹马诞生时
主人门前的湖面上升起一道彩虹
据说，有一匹马从遥远的异国
历经艰险，独自返回草原故乡
据说，那一身雪白，四蹄纯黑，眼睛又黑又亮的儿马
看到来访的达尔扈特人，又刨前蹄又嘶鸣
还有那抵抗野狼，长鬃上带着血迹的儿马
被马倌剪去长鬃，再次对敌，反遭失败
可见蒙古马，是一种捍卫故乡和身世的马
它讴歌的是忠诚、神性和雄力
秋风中它嘶鸣，朝向故乡的方向
长鬃拖地，英姿飒爽
四蹄如飞，驰进万道金光
马蹄声叩击着大地，嘶鸣声响彻穹宇
蒙古马，是蒙古草原的精魂
谛听过它的声音的人，内心都会生长出
草原般的博大与辽阔

错觉

落日死去是我们的错觉
作为秋天的孤独
它永远挂在树梢，挂在秦地的山冈
河流间闪烁的烈火
也是它的身体
它在一茎枯草的翅膀上
被托起
那些深怀绝望的日子

你来到渭河边
没有想投河
其实只为了看看落日
那一泻千里的辉光渐至隐匿
有人说落日死了
而落日的魂魄寄居在夜风吹凉的大地上
我们深怀绝望，又振作
把命从山冈捡回千百次

慢诗

爱是缓慢的，它需要你有的坚韧的心灵
快了就灰飞烟灭
芦苇被秋风吹动
秋风是缓慢的
那个秋天，我天天看芦苇弯着腰身
挖沙船在渭河上工作
机器突突的声音是缓慢的
水鸟飞向彼岸
我的视线是缓慢的
想起你，心微微疼痛
疼痛是缓慢的
有一天，暴雨突至
我却没有归意
暴雨于是也变缓慢了
我深爱你，爱得那么慢
因此，一整个秋天都有些凝滞
我慢慢地爱
慢慢地心痛
那种享受，是病态的

又是华丽的
甚至，我已放弃了你的出场
我已在爱中塑造了另一个你
如果缓慢都变快了
我知道，那个秋天走了

落日之眼

突然地灯烛熄灭了
共同的海洋之夜，很难
那些落日，犹如伤感
遍布心间
世界的每一个山坡都哭过
每一片灌木丛
都颓废过
我见过秦岭山中的孤独
暮霭沉沉
连绵的群峰化为波涛
晚风拍打车窗
我们不知道家在何方
一切都是海洋
动荡而遥远
苍茫，苍凉，有一颗词语
在嗓子眼
我们喊了很久
也没喊出来
落日的决绝让整片群山坠入
自身的重量

施施然的诗

施施然，本名袁诗萍，诗人，画家，中国作协会员，河北文学院签约作家，著有诗集《隐身飞行》等4部，曾获中国作协重点作品扶持、河北省政府文艺振兴奖、《现代青年》最受欢迎青年诗人奖、三月三诗歌奖等。

死并不意味着消失

清晨。万物被第一缕秋阳照临
施工队的嗡鸣声也如期
穿窗而进。不远处
一座新的医院正在半空中形成
生与死，都将在此交汇

“疼痛者举起伤口和化验单
奔走于白色长廊
死去的人，看见厄运
落在幸存者身上”

而我站在对角线的位置
注视着这虚无中的一切
提前写下了身体里
一部分死

但死并不意味着失去
——时间是什么？

从母亲子宫降落，直到衰老？
从过去平稳地流向未来？
不。正如卡洛·罗韦利所发现
更辽阔的生，分布在宇宙中
如同爱脱离了时间的结构

绣衣巷

晨起。鸟鸣穿过窗纱的时候
你已将乌黑的头发绾紧
抹上桂花油。铜镜里
巴掌大的面孔很是俏丽

隔壁福寿羹的叫卖越来越响
你在出门前，伸手掸去了
沾上衣袖的香粉。窄巷子尽头
穿官衣的邮差错肩而过

你识得一些字
小楷写得工整
做媒的妇人常夸你
绣的鸳鸯美

你轻盈得像一片桃花
但有时，你也会把愠怒的洗衣水
奋力泼洒出去。那时灰墙上
的青苔，颜色要浅许多

当天空落下，闪亮的雨线
你就静静地立在檐下

我看得出，你眼中藏着一团雾
你爱上的男人，我也会爱上

后来。你的故事不知所终
我只记得你住在绣衣巷
你住在我出生前的日子里

旋转门

在梦中我们互相寻找
我乘电梯冲上 22 楼的时候
你已消失在金色的旋转门后
几尾驮着虎皮花纹的
热带鱼，在鱼缸虚拟的大海里
安详地游弋。玻璃上的人
长着二十岁面孔
那时你清瘦。颌骨粗大
你凑过来给我看你
被香烟熏黄的第二节手指
而我揪了一地的榆树叶
为另一个男生懊恼着
我们在香山岩浆般的夕阳下
用可乐碰杯。想着各自
时空错层的事
有几年你完全不见了
有人说你去了非洲
有人在内蒙古见过你
我想象着大草原的风猛然
掀起你一头乌发的样子默默告别
可你突然又出现了：

手里捧着血红的玫瑰
（这是你离我最近的一次）
我在人群中尴尬地笑，大笑
直到咳嗽起来
为了忘掉你的眼泪
我将手扶在隆起的腹上

奢侈的寂静

门铃响起之前
你迅速在键盘上敲打文字
关于你。关于爱
以及生存或者厌倦
所有事件都跳跃在悠长的五线谱上
句子喷薄，仿如从橡胶树
割裂的位置汩汩流出
浓稠如白昼。猩红如血

之后，你坐进棕皮沙发
环视熟悉的四周
“我已经完成了所有的救赎
伤口不再感觉到疼痛”
那些轰鸣的音符，或噪声
从最后的颤动中趋于
渐渐消失的直线

思想云朵般漂浮。静候
那奢侈的寂静如期而至

舒羽的诗

舒羽，诗人、作家，浙江杭州人，70年代末出生于桐庐。杭州“大运河国际诗歌节”创办人。著有《舒羽诗集》、随笔集《流水》、诗文集《做一只充满细节的蜗牛》。

在灯光熄灭前离去

这一次
我在灯光熄灭前离去，
将落幕时那一浪浪掌声
和动人的告别陈辞
留在身后。

没有人会在乎一个剧场
曲终人散的冷寂，
那是一个帝王
热剌剌金戈铁马省亲后遗落的花园，
繁华过后，谁会在乎一个守园人的心，
如何从热切走向荒凉？
没有人会在乎一个倡优
含泪挥别后的炙热，
那是一个穿戏服入戏难，
脱戏服出戏更难的梦魇。
锣鼓声后，谁会在乎一位帝王
如何摘下王冠，洗出一脸沧桑？

何必感伤，何必缅怀那些虚妄。
在一个追求速度的时代，
请敲响马不停蹄的节拍，
我们被要求摧毁和建设同样的快。
走吧，在灯光熄灭前离去，
别拥在散场的人群里。

离歌

哦，祖母，我不让白色的花朵为暮色送行，
因为你的一生已足够洁净，我要给你玫瑰，
给你最鲜红的爱情，甚至给你最初的蓓蕾，
给你那未开放的、娇艳欲滴的另一个生命。
来世让我做你的祖母，将你绕在我的膝下，
我将把一生的美好都镌印在你少女的额上！

金鱼

读史库葛兰德摄影作品《金鱼的复仇》
是一尾鱼的一百种布局，
构成了一个梦境的实质？或者是
一百个相似却并不相同的碎片
以一群鱼的物质形式出现于
一个平面的梦境？
梦是真实的，值得怀疑的是鱼；
值得怀疑的是鱼，但游动是真实的。

男孩将睡眠折合成一个现实的直角，
把梦从虚构中释放出来，豢养于

透明如水的现实，
于是，一些尚未苏醒的游动
在梦的边缘被清晰地看到：

是金鱼又一次在他手中死去？又或是
女人酣睡的梦，游进了窥探者的视角？
梦是真实的，值得怀疑的是做梦的人，
他无法辨认睡与醒哪一种更接近梦境。

如果打开门，将丢失的
仅仅只是鱼吗？

何佳霖的诗

何佳霖，生于70年代，现居香港。香港女作家协会主席、《女也》与《香江文坛》主编、橄榄叶年鉴主编。获多种奖项。

蝉蜕

它自我蜕变，像风推着云影前行
一种痛被荧光环绕，它口中有珍珠深藏不露
有人看见了，说的都是皮毛
它隔离所有赞美的词汇与无关的描述
踏踏实实地看着自己出生
飞去哪里，它说了算。

你必须张开双臂站在雨中

看一只燕穿过稠密的雨，你必须张开双臂站在雨中
以湿漉漉的面孔与它对视
不是任何灵魂都配得上如此一番对视
雨想来就来，它不叫喊：我属于真理，属于圣洁，属于一切的不同
它穿过枝头的枯萎或树声沙沙生生息息都那么平常
它跌落低洼自我照见生命的虚空
也许我们过多演绎一场雨，却忽略一只无名的卵生从万分之一的机会逃出深渊
才使一场雨水到来，它必以清澈的掌声为它洗礼。

观看者

一片落叶飘零的过程即是一首诗旋转的一生
雨不停地下这是属于神的时间我们是局外人
上半部以诗描述
下半部才是人生
一群蚂蚁躲在蓬松的落叶堆，另一群，从白瓷砖的外墙开始入住
它们是贫富悬殊的数据
一群奋起直追，另一群急速坍塌
树已千疮百孔
蜗居命运的人仍在等待
风吹过落叶堆，空气仍有余香，苍生仍有余粮。

艾子的诗

艾子，70年代出生于海南，已出版个人作品集《寻找性别的女人》《异性村庄》。曾获2019两岸诗会桂冠诗人奖、世界华文诗歌优秀奖、第三届博鳌国际诗歌年度诗集奖等奖项。中国作家协会会员、海南省作家协会副主席。

宋朝铜镜

走到你面前，我就迈不开脚步
似乎你暗合了我的密码
气息相扣 缠绕

空间隐秘地转动
讲解员的声音消泯
我被带到北宋的一个集市
热闹 繁荣 店铺林立
骡车、轿子人来车往
仿佛置身《清明上河图》
我问一香油坊边占卦的老伯
此地何处？
他用与我的语音相仿的闽南话答：泉州
宋朝何年？
曰：1121
我的远祖是否出生此地？郑氏名谁？
老伯两眼一闭，天机不可泄露
在老伯身后的石桥上

袅袅婷婷地走下一女子
丰腴绰约，服饰鲜艳，颇具晚唐遗风
待她走近，我心一惊
她手里的，是个断柄铜镜
我曾在家中见过它的手柄
曾琢磨过它的纹饰
最上方浑圆的太阳、清晰的星辰应代表南方
大面积的海洋
说明我的远祖生活在近海的地方
瑞兽乘浪护送
迁至环境相似、四面环海的海南岛
——此刻我断定我的根在福建
这位丰乳肥臀的美女子
正是我的远祖母

我靠近她，正欲作揖
见铜镜飞快地闪过一些人的影像
……蔡其矫、舒婷……安琪、庄伟杰……许燕影
我只认出 5 位与我有交往的诗人
何意？
莫非我注定是个诗人？
而铜镜中没有我

嗖的一声
快得像被掀开了面纱的武林高手
远祖母消失了，只剩下我
站在博物馆的铜镜前
阅读下面的文字
(——宋·海水瑞兽星象纹带柄铜镜
song dynasty(960—1279A.D.)

布非步的诗

布非步，70年代生于河南，现居北京。曾用名布尔乔亚，本名布独伊。组诗收入《诗刊》《星星》等刊物。

玫瑰圣母堂

藏匿在叶尖的少女没有来
水晶心的少女也没有来。

沉默者啊，在今天
你是第一个盗取火种的人
从爱上我的那一刻起
情欲带着悲伤的面具
彼此确认身体里的蜜糖

玫瑰的睡眠陨落于虚空里的澄明之境
像马背上游离的民族，不断复制着过去
两个在暮色矗立中交叉的大海
常常耽于美和想象。

如果相信在闪电雷鸣的牧场上
爱情是个长不大的死结，那么
最初的大地之母的赞美诗
就在这里。玛丽亚
“这些束缚的巴洛克之花
为什么你忘不了它？”

春天赞美诗

1

并非所有逝去之物都已失去，亲爱的。

2

看呐，惊蛰的鼓点铺天盖地。我们脚下的红土竭力追求车轮扬起的灰尘，像一粒种子始终与世界保持某种忠诚。

3

农夫是天生的、对哲学规则一窍不通但朴实无华的哲人 *
我的辛勤劳作的耕耘者。我走向你，心上人的城堡安置我酒杯里的喜悦。

4

身体的记忆是真实的，我眷恋你像初生的黑颈鹈鹕眷恋着异龙湖的水草

* 古希腊诗人贺拉斯的拉丁语谚语

一万米高空读曼德尔施塔姆

一杯禁欲系的咖啡，
在我的对面不动声色

这是一个古典主义者的早晨。

香葱味薄饼，味同嚼蜡
在空姐制服的有序位移中溢出香味
亲爱的，我想象不出你的早餐
在高原反应里是否有神谕的光泽
正如我无法预测在通铺的鼾声里
有没有我明媚的脸
原谅生活，原谅它制造出的一切悬疑
今天的语言和行动
每一步都在修改着我，
充满我，它们脱离欲望的控制
在世界的中心，靠近神秘感的启示
一种类似于的文字游戏，其实更接近
事物的本质，阿克梅派语言的硝烟
在高空立体如伤痕
“请从我的手指取走些许阳光
和些许蜂蜜，正如珀尔塞福涅的
蜜蜂在叮嘱我们。”
我在书里尽快埋下头去——

此刻，我想亲吻你的脚趾
和你周围一圈让我着迷的暗物质
“我等你回来……等你回来……”
哦，我需要你。用我们阅读之外的
和声，抱紧我。

邓朝晖的诗

邓朝晖，现居湖南常德，出生于20世纪70年代，中国作协会员，曾就读于鲁迅文学院高研班，参加诗刊社23届青春诗会，获27届湖南省青年文学奖、中国第五届红高粱诗歌奖等。

女人们

风大
女人们在原野上奔跑
采摘野葱、鱼腥草、水芹菜
蒲公英、车前草……
她们被赋予神一样的名字
一个人拥有一条河流
她们穿着宽大的灰布裙子
每一条裙子里深藏了一个婴儿
正如每一个子宫里
安卧着一个秘密
她们不是你看到的那样

风大
女人们在奔跑
或许风更大的时候
她们会消失
隐循于荒野

那些年

她们
她们曾经跟随我走过
绿岛、同雨桥、天后宫
挂着酒旗的侗寨
烟雨中的祠堂
那些年油菜花、白菜花、桃树、油桐
都是寻常所见
选一个日子
清明，或是谷雨出发
也是自然的事

那些年我们还有些少年的模样
喜欢争执、红脸
好奇之后又入乡随俗
敬畏神灵、百兽
异乡人的先祖
那些年她们一无所知
跟随我寻找支流和陌生人

那些年春水还很忐忑
忘掉一个人
与追溯一条河流的源头
同样不易

黄昏的江堤

初愈时的江堤
如同初愈后的我

江水不是秋天看到的那样
紧张
它青灰色，流动迟缓
一只运沙船驶过它腹部上的褶皱
紫云英顺水而生
油菜花有迟暮之美
人们在屋前淘米洗菜
收下潮湿的衣衫
我从江堤走过
大风轻袭
黄昏如瓷器
疑是故人到来

凡姝的诗

凡姝，生于70年代，本名马相红，宁夏同心人，中国少数民族作家学会会员，第30届鲁院少数民族作家培训班学员，作品散见《诗刊》《民族文学》《作家文摘》《回族文学》《朔方》《中国穆斯林》等刊物。

夜谈

如果时光中没有一声两声，声声不疑的鸟鸣
如果时光中没有一声两声，声声不疑的打呼声
如果没有遇见你，我的爱人，所有的一切
将暗下来。此刻，星月隐现、夜，淹没我们
我的同伴，病了就需要救治，五次病危书在谁的胸口旧恨般累积，谁的心被埋了再埋
我们一直被俯视的黑眼睛盯着。悲伤太重与
光明来临一样，疾坠时，我的爱人、我的同伴啊！谁是和我在苍穹之下秘密地顺从的人

夜听

云层积攒够了经验，
多少年了
雨的浪漫始终如一
夜半，我起身听雨

斋戒者簌簌起身
哦，万物都有信仰，都需要清洗
不是洗虚空，而是洗自己

瞭望

夕阳下落，晚霞变黑
鸟雀幽幽鸣叫……
此时，至少有两个人
喜欢黄昏时独有的茫然
我看着，他也看着
我听着，他也听着
人间大道已成
万物习惯了无常
用静寂代替了说话
承认余晖是另一个自己

冯冯的诗

冯冯，本名封艳，回族，生于1970年。吉林省吉林市人，祖籍山西大同。毕业于吉林财经大学。诗歌见《作家》《民族文学》等，获第五届诗探索·中国诗歌发现奖提名奖，第六届公木文学奖等，著有诗集《灵舞》等。

仲春辞

车过山坡田垄，那些蜿蜒柔软的残雪
是长跪不起的人托着哈达，献给油黑的大地

父亲在春天离世，白雪在他的山上融化
整个季节都复苏了，他的坟冢长出青草的嫩芽

母亲拾掇换季衣柜，春天像孩子在屋外跑来跑去
好像四十年前，我们的父亲正在重生

在王村

我的高跟鞋在青石板街敲出的声响，没人在意
月光只照料古镇街市上的烤粑和银器

走进吊脚楼下的米粉店，要大碗，多麻少辣
开夜店的小夫妻，爱听我的东北话，往火盆里加炭

老篾匠的铺子堆满篾条，手工扎出灯笼毂
扁筐和吊篮都是竹艺品，都是用老人脸上的皱褶编制而成

朴素而天下莫能与之争美。黄袍道士给一户人家做法事
神祇的小镇因一个老人离去，将要空出一个位子

辨认

法医吴教授研究人的头骨几十年了
他能通过触摸一个活人的头骨模型
在极短时间内，把它的主人找出来

阿波罗神折下月桂枝，叫醒我
人间是座巨大的墓场
上帝每刻会认出一颗头骨

每颗头骨里的牙齿都有专属性
有一天我的坟冢被铲平，我的墓碑被推倒
我的头骨被碾碎

就像我在后山坡的舍坟地辨认出高祖残损的牙齿
我的后人也会从一百年后的泥土里认出我

缅怀

时光趴在瞌睡的老屋门前是被缅怀的
列车驶过荒野上的秸垛是被缅怀的
午夜街头酒后的歌子是被缅怀的
鬓角开出的第一朵雪花是被缅怀的

下在青瓦白墙上的雨是被缅怀的
太阳蒸发掉的星辰的泪水是被缅怀的
一只横穿马路的流浪狗是被缅怀的
母亲蜷在床上剧烈的咳嗽是被缅怀的
你刚刚说出的我爱你是被缅怀的
有一天我被埋葬在墓地里
大片的白茅花等你来缅怀我

花语的诗

花语，诗人、画家，祖籍湖北仙桃，生于70年代内蒙古四子王旗，参加第27届青春诗会，曾获第四届中国长诗奖、第四届海子诗歌奖提名奖等，著有诗集《扣响黎明的花语》《没有人知道我风沙满袖》《越梦》三部，居北京、贵州。

大雪

更大的冷来自体寒
不自信和猜忌，加剧灵魂的卑微
风在矮处举高高
母亲的坟头，还没长草

我奔走于动荡
为柴米油盐，交付流年里的率性
怯懦，一条道跑到黑
错爱偏执落果
纯真白里透黄
余额不多的坚定，已贴附更多妥协
偏锋，信马由缰

不甘的雪粒在绥阳
幻化为雨

大雪无雪的街头
我一直在哭泣

十年前

十年前我内心坚硬，对世事缺少悲悯
那时，我任性又无知
还以为掷地有声，是不顾一切，该有的坚持
那时候，我总是在长安东三爻一路小跑
追赶那个每天都担心会翻车的
双层巴士 603，去皇城西路上班
那时候我还年轻
每天和说着西安话的公交车司机叫板

有一次他让我从中门下车
我奋力挤过人群
拖着行李箱，绕到前门
把他骂我的那些
一一还回去

十年，我锋利的刃角已磨去一半
更多的泪水，同情，悲悯
都是发自肺腑
我知道这世上有很多花
开了又谢，从此不会重开
一些鸟发出悲鸣
是经历了更多的苦楚实不可忍
而一些人，像我一样
是宿命这个大沙盘上的一粒尘埃

那么卑微，那么低小
甚至风一吹，便隐于无形

中秋，西风中摇摆的梧桐

腐烂是从卷曲开始的
秋叶将自己拉伸变形
由内而外较劲
褐迹斑斑
隐喻包含酸楚
对成败的在意
一枚叶子苦着脸日夜兼程
焦急得不明就里
当一个人不能直话直说
沉默和饶舌，充当着语言的另一部分

梧桐抛出绣球，划出小步弧线
西风没有使出最大力道
中秋的飞机像往常一样飞过头顶

剪草机终于歇息
如我在数次挣扎之后
对命运，俯首称臣

立冬

它必预备肉质的糯心
和白菜帮子的祝福
它必在与铁锅和沸水相约途中
献出肤白的优雅，和裙褶的腰身

一盘饺子露不露馅
祝福都是美的

祝福秋水长天的草原美丽安宁
祝福此去鹏程万里，幸福永享
前世今生的孽障都要了去
最好不亏不欠，所欠不多
关于爱情
李健和谭咏麟在传奇里的诠释和演绎
值得收藏

“清泉石上流，叶菊迎风开”
是我昨日的一幅丙烯画
此刻，微风吹蓝了立冬日的穹天
梧桐叶打回原形
它枯叶蝶的翅膀准备飞翔
听，初冬的螺旋桨已发动

饺子在去铁锅途中
送出吉祥

梁文昆的诗

梁文昆，70后，现居石家庄，写诗十余年，近年有诗歌作品在《诗刊》《诗选刊》等刊物和年度选本发表。2014年入选“二十一世纪文学之星”，出版诗集《平衡艺术》（作家出版社）。

孤僻

不想去人群中，不喜欢热闹
不想说一些相似的话
不想忍受
不想成为别人眼中的好人
不想出门，不想社交，不想有意义
不想解释。不想把看见
当看不见，（其实大多时候也看不到什么）
不想内心已经焦躁透了，表情却在笑
满意的笑 。
我已经活得够久，不想
评判，不想定义，不想思想正确。
不想和善，不想体谅，不想圣洁。
不想就是不想，孤僻
如此可爱
没有什么不妥，无论何时
它都愿意听我说
——不想哭，其实想哀号。
——不想做爱，其实没有爱人。
不想张嘴回应

只想喝碗里的汤。
不想检讨，不想再会，不想离开我的猫
它已经到了中年。
不想无私不想大度不想热烈不想
抬起头来
我，偏要这样！
不想不想不想不想就是不想
不想回避死去。
不想把活着当真。

写给老臧

出于同一种热爱
我们有着相似的痛苦

两个筋疲力竭的灵魂
写的是同一首诗

这么多年过去了，还能
坚持下去吗?

这折磨人的问题
答案竟然是我们的下一首诗

不写诗的日子

我以为已远离了它
当我吃饭，睡觉，去批发市场
认真挑选晚上要兜售的小饰品时我以为

它确实走了，去了
一个神秘的某处。
直到有一天，突然
半夜哭醒
发现我所忘记的，正在来到我的枕头上
我紧紧偎依的还是它，只有它。

塞伦盖蒂

如果不是看到那不计其数的角马，葛氏瞪羚，鬣狗，鹿群和成堆的死亡
你以为狮子，就是这里的王。

你错了。没有胜利者，没有。只有饥饿和饱餐，只有永恒的雨季和旱季的交替。只有好运和霉运的周而复始。

所谓的慈悲之心，那是人类之间才有的把戏。

梁小兰的诗

梁小兰，山西长治人，现居北京，1975年生，获第十一届“诗探索·中国红高粱诗歌奖”。在《诗探索》《北京文学》《青年文学》《草堂》《诗林》等多家报刊杂志发表文章，出版诗集《玻璃上的光》。

山间

在山间，我记录下一句鸟鸣
记录下一只跋山涉水寻找食物的蚂蚁
记录下一只开花的花朵，长满雀斑就要陨落
记录下一只松鼠，独自在枝间跳跃
记录下一片枯叶，烂了多少天，还没有烂完
记录下一截枯骨就要腐化完，还差那么一点点

行走山间，我明明是带着欢喜之心来的
我明明是要感受一种大自然静谧和谐的
我，为何越走越悲怆？

站在最高处，我俯视
我从未俯视过的村庄、城镇、河流……
忽而喜悦，忽而悲凉

天要下雪

天，要下雪，于是阴，还不下

于是一阴再阴，它心里苦啊
不说话，也不发脾气
只是让脸色阴沉，严肃
让鸟不敢飞，不敢聒噪
树也不敢动一下，只
任凭一枚枯叶，暗自用力
把自己的筋骨折断，自戕式跌落
它有何样的悲苦啊，还能
比得上拾柴老汉一生孤苦无依？
还能比得上一只刺猬横穿马路，突遇一辆大车？
还能比得上一朵花落光了花瓣
像个女人一样露出自己的隐私？

天要下雪，还不下
它可是要在每一片雪花上刻下一个字？
然后落下来，落下来
祭悼这满腹愁怨的大地？

风在吹

风在吹
荷花在动，芦苇在动
树下的阴影打着一个又一个哈欠
云朵气喘吁吁

一阵风跟在另一阵风后
掠过高楼、马群、湖水、竹林……
一些事物不明不白离开自己的位置
怀着受戒的心
听万物发出欢喜、忧愤、悲叹之音

眼镜

眼镜又一次从鼻梁上滑落
这一次很危险，差点掉在地上
假若它破裂，碎成渣子
我该如何度过这漫长一天的模糊生活？
这副快坏掉的眼镜，已与我共同生活了三年
我极度依赖它，如同我的第二双眼睛
但现在，它想逃离我了
它曾经帮我看清楚无数生活的真实面目
如今它可能厌倦某些景色
从寂静的黎明到幽暗的黄昏
从晦涩的湖水到焦虑的天空
或者残垣、断壁、尘霾……
它厌倦了，不想自己再看
也不想帮我看

我扶了扶眼镜，刚一低头，它又滑落
我极度不适，仿佛自己的一双眼睛
从身体里掉出来

梁小曼的诗

梁小曼，诗人、译者；1974年生于深圳。诗歌发表于海内外媒体及刊物，如《Perfil》（阿根廷）《今天》（香港）《中国女诗人诗选》（墨西哥）等；出版首部诗歌暨摄影集《系统故障》，有译作数种于大陆和香港出版。

豹

流陨星落入狼尾蕨的荒漠，我们参观的
动物正观察它的围观者，阴影与它的构造物

吞噬着白昼的火苗中涌出金黄的层岩，裂眦的
某个想法正在成形，但已经分不清谁是客体

是被围观的，关于豹的一切观念，还是围观者
动物园中寻求豹子，而她所见不过是，岩浆中
最华美的光辉，像难民一般落入虚构的乌托邦。

挪移的每一步缓慢，迟疑着它星河幽眇的眼神
每一步都是姿态，一行韵文，顾盼中写着古往今来

同一首诗。葵藿倾太阳，物性固难夺*。在围栏的
虚空中，白昼与黑夜在它心灵中并无时间的轨迹

时间不存在。它负责为美输送观念的一切：
岩浆中最华美的光辉，涌向史前蕨类包围的荒漠

那与它对视的人。

*杜甫诗句，出自《自京赴奉先县咏怀五百字》

耳朵

此时，让我们犹豫的是一只耳朵
它是否还在——向天空垂下阔大
雾霭笼罩着失径（失惊）的飞鸟
怀疑的屏息与静默。

我们期待这一只耳朵，它麻木于
雷声洪亮从高天滚下，虫子齐鸣
覆盖彼此，放纵这只耳朵摇晃
暮霞变幻的后浪

大海正抵达它的空间站
它一时很远，一时很近
潮汐涌向需要它聆听的
一些诗，或古老的修辞

相互言说让我们亲密无间
互赠一些诗文，互相诋毁

那只巨大的耳朵，就像一个神
悬在我们之中

兔子

它反对新鲜的事物
暗夜彩虹，或飓风的室内乐
亲密关系足够此生的互噬
再无必要跳入过山车
去寻找另一只兔子

它不在此地，也不在彼处
如果它曾经出现，那也是
运气使然。逃出虚无
逃离一棵树

抚摸一只兔子也是抚摸所有兔子
不管什么颜色，都意味着它是——
家庭生活的反对者

Samanea，Salamander 与吴女士

是大雨还是细雨生出了你，Samanea
是我额头的乌云，它们也曾亭亭如盖

但我此时想念我的外婆，她黝黑的皮肤里
也曾开出晚霞，美人蕉，浓荫里的石榴树

这一生她挚爱一个人，将他留在海包围的
鹦鹉螺里，为他生育了六个儿女，黄昏时

向天空敞开巨大的手，亭亭如盖的 Samanea
生于一场大雨或细雨，而我的外婆生于油麻地

二十年代，避乱又回到大陆，光景渐黯淡
可她如愿嫁给我英俊的外公，一生的爱情

南美人必定看过雨中生出的树，或奇门遁甲
穿过一个梦。南美诗人说他相信一种火蜥蜴

正如雨生出了树，外婆生出了四朵金花，蜥蜴
以火的记忆被诗人见证——而我有幸听说

如今外婆九十多岁，也听见了菩萨的召唤——
这让她怒气冲冲，夜晚像一只斗鸡，岛屿的

屋瓦携带着海浪，尿味与烧香弥漫这栋房子
她不再是慈爱的母亲、祖母、曾祖母、曾曾祖母

她变成浑身是火的蜥蜴，油麻地的风水
九十多年来始终萦绕在岛屿上，她如此

暴躁，像岛上每一年的台风，初一十五
不再去拜妈祖，问菩萨——她与雨生的

Samanea，火生的 salamander 一样预感到
生，更预感到死。可是，死是多么奇怪的事

注释：Samanea: 雨木，南美一种树木；Salamander：火蜥蜴

林馥娜的诗

林馥娜，居广州。生于1970年代。中国作家协会会员、广东文学院签约作家。出版有《我带着辽阔的悲喜》《旷野淘馥》等作品集7部，作品发表于《世界文学》等国内外刊物，曾获国际潮人文学奖等诗歌、理论、散文奖。

在书中

在一本书里读你读我读他
作为静默的慈悲与抚慰
写他写我写你在诗篇纸墨中

在书架和书页之间
图书馆与时世的行列
我们互为馆藏的一部自传与史册

脚印、锅碗、号叫及爱欲
在细节里活着，作为存在的既成部分
不存在的本质悬浮于其上如蒸汽

林莉的诗

林莉，生于70年代，现居江西上饶。中国作协会员。江西省作协副主席。出版诗集多部。获2010年度华文青年诗人奖、第七届扬子江诗学奖等，曾参加诗刊社第24届青春诗会，就读鲁迅文学院第十八届中青年高级研修班。

春天的表达

泡桐花开得热烈
在大雨中，落了一地
树杈上，两个鸟巢
空空的
却又带着绵绵情意
一年又一年
万物袒露治愈系的美
悲伤总会闪电般来临
就像喜悦也曾一次次席卷我们的心

傍晚

我们坐在岩石上，远眺整个山谷
梯田里
层层油菜花，绚丽的色彩
令我们迷醉
不远处，散落着几户人家

隐隐有谈话声传来
我们出神地看着这充满奇迹的一切
那时，我们确信
万物正长着我们喜欢的样子
当暮色渐浓
我们对人世的认知和偏爱
呈现一种透明的钢蓝和金黄

姚江边

流水暗涌
布谷鸟在岸边的榕树间叫唤
听起来，有点急促
也有一两声
显得平缓
嗓音里，荡漾着潮湿波纹

春天，正是好时节
午后的榕树叶片鲜亮，葱茏
我们追着布谷鸟的叫声，在碧绿的光斑中
走走停停

那些榕树庞大的根系
波涛、布谷鸟的鸣叫
我们深深凝视着、倾听着
风已经从我们的心里
刮走生命中的多余

此刻，我们是那样喜悦
河水带走了我们狭长的影子

一条河流，因空旷
而趋向更虚无的蓝

龙青的诗

龙青，1973年出生于湖北洪湖，现居台北。曾获长篇剧本八十万首奖、梦花文学奖客语诗奖、叶红诗歌奖。出版诗集《有雪肆掠》《白露》《风陵渡》。

猫头鹰

树影扼住喉咙的时候
初春的深山，在夜里
发出沙哑的叫喊
天更黑了
窗台上，去年种下的茉莉枝叶新绿
叫声的沙哑深化了这绿色
我不能变换窗口
更不能
随它的叫喊翻山越岭

最后，它的叫声停止了。
寂静从黑色的枝头跌落到草丛——
一个离去多年的人
正穿过我的身体

遥望观音山

如果这时候雨停了
那么，我将学习雨的方式
爱山河，爱树木，爱你
这么多雨水
把鸟的影子留在更高的山上
却又模仿鸟的嘶鸣
在冬天的体内唤起冷意

河流在远处，被薄雾拖行
我竭力分辨晃动中溢出的
那些水墨般的色彩和声音：
“观音在观音的山上”*
我在对岸
旧公寓的窗扇里头

雨雾中，天地间的距离越来越小
相隔河畔，山影，船只
我将学会雨的方式
爱每一个晦暗的日子

* 痖弦诗句。

卢艳艳的诗

卢艳艳，浙江东阳人，居杭州，70后，园林硕士，浙江省作协会员，中国诗歌学会会员。著有诗集《飞花集》《雪中之雪》。

路过

三三两两斜立在路边的吊物架
像队列，严阵以待后的稍息
像赋闲之人松垮的身影
消瘦，沉默
夜色无边
路过的高压电塔一如既往
支撑着空中的电线，我看到了
它们向至深处延伸，没有一点亮光
我看到了几分钟后
飞奔的汽车与栏杆边硕大的路灯
擦身而过
炽烈与冷却，仅限在
隔空的感知中关联
而不再以身探入其中
当车子驶入辉煌的大都市
杂乱无章的工地，对于一个路人来说
仅仅属于一小段
不时反噬光明的黑暗

梅驿的诗

梅驿，原名王梅芳，1976年出生，河北栾城人。有作品被《小说选刊》《中篇小说选刊》转载或收入年选，出版中短篇小说集《脸红是种病》。获“第二届十月青年作家奖”“第六届中国作家剑门关文学奖”“第二届孙犁文学奖”等，中国作家协会会员。

茉莉花

相比那晚畅怀共饮
如今她更适合一个人走在街头
有时候孑然一身还不够
还要加上吹向她的风，淋在她身上的雨，让她通身暗下来的悔恨
可是走在街头也不够啊
还要走得悲喜全无，走得只剩一河星光
那些碎银子散在黑夜里
很快就不见了

可是，你杯子里茉莉花的香味为什么
仍像初识那般热烈

你不是忘记了我的名字

你不是忘记了我的名字
你只是忘记了这个名字里的甘甜、露水和风声
相比较这个世界上的生活，它更容易成为遗忘

包括这名字里的一点诗意

即使不从名字里记取，也一定从名字里消失。
一些信件被淋湿了，找不到回路
另一些老歌有些神经质，拍打着黑匣子
旅途上孤独的人难道会藉此相认

那又有什么意思，相爱之后你还要继续生活
你不会饮下一杯不醒之酒
你从水面上、沙子里、草木中抹掉我的一撇一捺
算卦的说我还有一劫，我有过轻轻叫出你名字的念头

那萨的诗

那萨，女，又名那萨·索样，藏族，1977年出生，青海玉树人。曾获第三届蔡文姬文学奖、第八届诗探索·中国红高粱诗歌奖、首届师陀小说奖·优秀作品奖、《贡嘎山》杂志2015年度优秀诗歌奖、第三届唐蕃古道文学奖等。出版有诗集《一株草的加持》。现居西宁。

鹰

你指给我的两只鹰
我说更钟爱于低空盘旋的那只
背上的阳光够随意
天空太空，影子都可以省略
几乎又看到一种宽慰
像是某种假定的实现

它低头俯瞰的样子，像是在倾听
或层层修饰的欲念
散落在它的眼底

它展翅盘旋在上空
随时都可以带给你
一个拥抱

即便那只是一种假设

娜仁琪琪格的诗

娜仁琪琪格，蒙古族。1971年生，辽宁朝阳人。国家一级作家，中国作家协会会员，《诗歌风赏》主编。参加诗刊社第22届“青春诗会”，著有诗集《在时光的鳞片上》(入选“21世纪文学之星”丛书)《嵌入时光的褶皱》《风吹草低》。曾获辽宁文学奖，冰心儿童文学奖、《现代青年》最佳诗人奖等奖项。部分作品被翻译推介国外。

低处的事物

我散步的时候，绕过一群正在赶路的
蚂蚁。在河边把一条垂钓上来
又被弃在岸边，已是风干的鱼
送回水里。

在欣赏开得洁净、灿烂的
花朵的时候，会小心翼翼
怕踩踏了，那些软盈盈的小草
怕伤害到它们的小胳膊、小腿
小脑袋。

一再拍下，紫花地丁、二月蓝
蛇床、鸭拓草、蒲公英 、苦菜花
地黄、播娘蒿、大蓟、小蓟
还有一种叫早熟禾的野草

我喜欢那些开在高处的花朵

爱极、疼极
这些低处的生命
在尘世，在宇宙多维度的空间
我也处在低处

秋风起

急骤的风 破窗而入
灯台上的油画 被掀落
我在书中抬起头来
抱紧了双肩

摇曳的树木 翻转的树木
有什么 一定比树叶
从绿转黄 更急 更快

站在朝北的窗口 向潮白河边眺望
有谁躲在云朵的后面
静静地 观望尘世

而在向南的窗口 我看到
万条金黄的鱼儿 箭镞般
跳跃出水面
向着同一个方向 秩序井然地
奔涌——

我欲看得究竟
天光暗了下来 瞬间
一切消失于眼前 仿佛什么也没发生过

青小衣的诗

青小衣，本名张萌，现居河北邯郸，70后，中国作家协会会员，河北文学院签约作家，鲁迅文学院32班学员。教书，煮饭，写诗，做梦，作品见于《诗刊》《人民文学》等报刊，作品被收入多种年选本，被评为河北省第三届“十佳青年作家”，已出版诗集《像雪一样活着》《我用手指弹奏生活》《我一直在赵国》。

月亮，总在深夜回来看我

它总是低着头看我
我抬头看它时，它低着头看我
我不看它
它还是低着头看我

它低头看着我
像走失的孩子，对我说：闻闻我吧
它低头看着我
像个逝者，在高处叹息着

我和月亮
更多时候，像远处的河流和月亮
月亮更多时候
像一个人
总在夜晚来到河里洗澡

明晃晃的月亮

在深夜
在流淌的河水里荡漾着
像是把魂魄存放在我的身体里

无知者

大块的暗云在我们的头顶
游来晃去
有时的确已经很近了
却从没走到过我们身边

风抚摸万物，替我们擦眼泪
却从不让我们知道它的样子

水没有说过能解渴
它只管流出来
我们就喝下去了

月亮躲在云里
或者露出来，明晃晃的
它不说话
却能让人们看着它不停地说话

还有很多东西
我们看不见
却能听到他们的招呼声
然后我们就答应了

在东太行

在东太行，你很容易被核桃树带进核桃里
被蒿草带进蒿草里
被香蒲带进香蒲里，被山栗子带进山栗子里
被金银木带进金银木里

站在山坡，不管你朝什么方向走
都会走到生命里去。一股股生长的力量
瞬间就会捉住你。你处在洪流般奔腾的关系中
就连渴望也是新的

你开始奔流，顺着根须
枝叶，吞吐汲取，与土壤和空气交通
你相信，这些事物也被你带进了你的身体里
你们互相往来，皆大欢喜

在山里，万物都是摇篮
装得满满的，为你这个无爱无恨的人
你还会被很多神圣的词语抚摸，内心的喜悦
深得像带着多年的秘密

月亮升起来了，像一个爬过山崖的胖友人
赶来与你见面。那一刻
仿佛飞逝真的在那个点停滞了
仿佛虚无来袭时，真的有了藏身之地

桑眉的诗

桑眉，本名兰晓梅。生于1972年冬，四川广安人。出版个人诗集《上邪》《姐姐，我要回家》，合集《诗家》。现居成都，供职于某文学期刊社。

“你不来与我同居”*

阳台上的窗框松动了
北风把窗玻璃拍得咣咣响
窗外春天修剪过的无名树
枝叶较去年冬天稀疏许多
想来也觉得十分寒冷吧
它在黑暗中颤动，霍霍有声
女人半夜惊醒
起身收晾在阳台外的衣服
想了想宾馆里一连两个夜晚空着的床
床上闲置的白色双人枕、白被褥白床单
如果连续吹几夜北风
南方可能也会下雪了
雪的洁白是虚构的
雪落满（覆盖）一座小房子也是虚构的
但门扉豁然洞开，她的心
终于空了出来——
雪一样白。雪一样干净……
——是真的！

*伊蕾诗句。

去几何书店

到东风大桥桥中央
我停了停步，返身回望
老人的二胡拉得犹犹豫豫
也觉得天气晴好悲伤曲调不合时宜？

阳光恩慈，允影子显影
许我青枝似地分蘖出另一个我
无“眼耳鼻舌身意”的我
欢脱脱地追随至几何书店

胡马在书店门口等候
我切掉影子和二胡忧郁的尾巴
（郑重地）戴上口罩
随他爬上旋转楼梯（许多人在那里拍照）
临窗落座……

两个诗人一定会谈谈诗
两个好友一定会谈谈父母孩子
我忆起曾分享一粒糖果给胡马
胡马捏在手心，说：我带给我妈吃
后来我就开始给我的妈妈女儿和子龙买糖果

待焦糖玛奇朵的冰山降解成泡沫
银杏叶流失掉 0.000……1 克黄金
太阳才姗姗拐进木窗
把木桌木椅，和我们的侧影
切分为各种几何形
把窗棂上木栅子阴影打在我们额头

似友好抚摸，又似温柔棒喝

东风倚窗，桥下流水自顾自流淌
枯枝仰泳，鱼虾泅渡
白鹭在两岸伫立，偶尔换岗
甚至以鸿鹄之姿掠过旧栏杆

桑子的诗

桑子，祖居绍兴，生于70年代，中国作家协会会员，著有《栖真之地》《德克萨斯》《雨中静止的火车》《占领区》等诗集和长篇小说十余部，曾获第七届扬子江诗学奖、第二届李白诗歌奖提名奖、第十二届滇池文学奖等。

洱海夜捕

巨大的黑色花朵盛开
男人们如工蜂在花蕊上忙碌
不可见的蜜在夜的心脏跳跃
之于肉体就是夺眶的泪水
渔夫陷在夜的沼泽
一座座塔徐徐升起
白帆和铁锈色的桨，略胜于我们
大湖敞开，一面神秘莫测的镜子
多少人曾凝视它
把无可描述说成无限
一切细微和庞大之物
无可辩驳的意志和局限
鱼被网住
如我们迁怒于自己的肉体
小小的波光粼粼永不磨灭
来自不可把握之事
不能抵达之处
是涌出之物汲回自身

它闪耀，如我们被唤醒

此时此地

落日向大地深深鞠了一躬
森林浓密的毛发和浑圆的曲线
多么令人压抑
黑夜发出了拓荒者劳作的声响

一只鸟在枝头竖起羽翎
星星穿越时空来到此时此地
打更人把它们局限在人世的缺憾中
仿佛一切的命运

黑夜饱含着对事物的批判
我们无所不能又无法辨认的自身
既是开始也是结局

劳作是一种古老的象征
仍有一半的花园荒芜着
阳光深入其中

太阳总是西行，大地啊
——那里的松涛和墓地
每天交出爱与希望

有翅膀高出人世

山是人的另一副骨架

现在太阳布下浓荫
与黑夜别无二致
灵鹫教会所有眼睛可怕的平衡术
关于未来的狂想
比果实的内核更准确
深入所有人强烈的渴望中
寺庙在一条溪流和十大戒律之间
有些地方不需要抵达
无限就在此
在一张旧照片看到果实成熟
死亡多沉重
造山运动以反向的力让它变轻
无可抵达的尽头
有翅膀高出人世
松针上行走的人
陷入光的沙丘，无计脱身
植物庞大的根系藏着巨大的激情
过去它们是大海和流云
现在它们是一个人的身体和灵魂

山毛榉

每个夜晚，我们领受着神秘之物
成为它的舌头 眼睛和心脏
我们驾车或飞行，它在山坡上
在铁路桥两旁，火车呼出热气
铁轨发出尖叫
它在那些我们不曾去过的地方
尖细的树梢是鸟的长喙和群山的骨架
那儿应该有一万个铃铛

像齿轮一样打破时间黑色的沉默
枯叶翻滚着，阳光鸟瞰它
我们盯着山毛榉，它总朝我们走来
每一分钟每一年，一千扇窗和偶尔
的思念，夕阳是它最后的一撮灰烬

苏雨景的诗

苏雨景，生于70年代初，中国作家协会会员，山东省作协第五批签约作家，济南市作家协会副主席，出版有《月过窗棂》《苏雨景诗选》等作品集，现居济南。

架电的人

一只松鼠在松林和山岩间跳跃
以自己的轻灵嘲弄着几个气喘咻咻的男人
在这条荆棘丛生的山路上
他们抬着重重的电线杆
已经缓慢地移动了十几天

多年了，山村的女人们
在烧黑的灯芯下劳作并老去
那些给予他们骨血的人，和那个村庄
都在承受着命运之重，他们发誓
一定要成为点亮村庄暮色的人

为了爱那些人
他们每天从晨曦中艰难启程
为了爱那个村庄
他们用钢筋水泥摩擦自己的硬骨头
用号子喊出心底的火

现在，他们正沐浴着壮丽的余晖

在热烈的草木间行走着，扭曲着
汗津津的脊梁镀满了铜
他们的影子投射下来
大地接纳了这些不屈的雕像

寻百里香未果

秋深了，百里香紫色的火苗已经熄灭
混杂在一片灰烬般的草木中
她又重新变成了赤子

相比较繁盛之时
我不觉得这样的萧索有什么不好
不觉得风吹枯草发出单调的乐音有什么不好

也不觉得久居山中的寂寥有什么不好
不觉得山风一来，有的山柿坠落成一地猩红
而有的依然在枝头高举着一颗避世之心有什么不好

不觉得炊烟里的寡淡有什么不好
不觉得一个杂陈之人折返回最初的味觉
与过去的筵席一笔勾销有什么不好

不觉得即将到来的风雪有什么不好
不觉得一个人借助原生态的大山寻找原点
只为重新进入生命的旋涡有什么不好

写给父亲

父亲，你在的时候
鲁北平原的风很长
漳卫新河的水域很宽
数不清的水鸟在上面翻飞
夕阳点燃了它们的羽毛，那些火苗
在幽深的光阴里久久不散

父亲，你在的时候
夜也不黑，丝瓜花金色的灯芯
令我从不迷途
它们顺着篱笆攀爬
有时，会发出窸窸窣窣的声音
像我的骨骼在一下下拉长

父亲，你在的时候
小船飘摇，尽管风雨不断纠缠
你礁石般的背影
让我们并不那么渴望靠岸
我们手中只有紧握的纤绳
没有弃绝的命运

父亲，你在的时候
仿佛把一切都已安排就绪
包括我。可是父亲
你忽略了表象之下的实质
你的排浪太高了，以至于这么多年
我都无法走出你的大海

访范蠡祠

暮春无风
范蠡祠立在微雨中
我来自齐鲁，他去了山东
我举着上古的茶香
却找不到可以对饮的人

吴越的子民已喜结秦晋
流水记下的山河破损
已被花儿们治愈，那些花儿
开始是一朵，后来是陶朱山
再后来是整个江南
当年的战火算是白燃了一回

如今，我长途跋涉
来叩范蠡的门
无关吴越之争，无关商圣之道
只关乎历史的烟尘派生出的爱

算了，邀约未果，
日后湖上遇见了，定多喝几杯
但我，不做红颜的西子
不拿美貌做交易
肉身换不来干净的江山

长长的浦阳江
从不缺捣衣声，这人间的梵音
意味着神灵在场，意味着
我也有一段刻骨的深情通往未来

孙晓娅的诗

孙晓娅，生于 1973 年，现居北京，文学博士，教授，长城学者，现任首都师范大学中国诗歌研究中心副主任，博士生导师。出版学术专著《跋涉的梦游者——牛汉诗歌研究》等，主编《中国新诗百年大典》（第 7 卷）等。

照破无我——致母亲

除了清凉涤荡
莲台上无有风，花，雪，月
除了光明普照
世界未有山川湖泊亭榭楼阁
除了无常忧苦
六道不曾驻留恒久的快乐

此刻安乐浸染
心境寂止空明
我们比以往任何时候都相近
无须文字传递
众生本源无别
同一非二，你中有我

芬陀利华——致母亲

我的内心如此祥和

——一片澄净的海洋，远方
袭来芬陀利华无际的幽芳
那清香如此安谧恬淡
——我们间隔光年的旷远
竟能融洽比邻不觉分离

在了然的光明境相中对视
安住，无有过去和未来
波澜的忧患和跌宕的荣悲
刻骨的怨恨和不舍的挂念
已然飘逝不着痕迹
在世间，您从未如此安然
芬陀利华——无染的白莲花
在我们心中默默绽放

谭畅的诗

谭畅，暨南大学文艺学博士，广东省文艺评论家协会副秘书长，广州市女作家协会副会长，70后，现居广州。代表作《大女人》组诗，提出“柔软出诗人”。出版著作《中国新诗审美转向研究》，诗集《文字上的女人》《大女人》等。被评为“第一朗读者”年度优秀诗人。

小说

永远是翻开的，永远是饱满的，永远是发黄的
梧桐树下绿伞下桌子永远是小小圆圆的
裤子一定是黑瘦的，高跟鞋一定是尖锐的
地铁站一定是不远的
等我回来你一定还在的
夕阳也在，早上的微风本来也在
我终究是想要的太多了
我终究是幸运了

法语

气味，烟雾，颤抖
又温又软又牵扯
像鞣了长久的羊皮
想要更多揉搓
细长的脖颈似水流淌
一只翘立张望的鹳

用喉发出声音
一颗颗白色卵在水面翻滚
偶尔发出金黄的光
像田野上铺展过春雷
抛下一地的花

唐月的诗

唐月，籍贯内蒙古化德县，70年代生人。诗作见《诗刊》《星星》《中国诗歌》《扬子江诗刊》等，曾获《鹿鸣》年度诗歌奖、许淇文学奖等。

算术课

一群诗人来过苏木图
一群羊里少了一只羔羊
大地上少了一朵小白云
草原上多了一小堆羊骨头
蒙古包里多了一夜歌声和笑声

这事除了月亮的弯刀、西风的鞭子
每天练习心算的牧羊人
与看守和啃噬岁月的牧羊犬，晓得
只有母羊珠拉知道——
它不停咩咩呼唤它的孩子……

连继续追着母羊们索爱的公羊浩力宝
也不知道

田暖的诗

田暖，本名田晓琳，现居济宁，76年生。山东省作协签约作家。著有诗集《如果暖》《这是世界的哪里》《儒地》《万物闪耀》等，参加诗刊社29届青春诗会，鲁迅文学院第31届高研班成员，曾获泰山文艺奖文学创作奖等。

雨从天空落下来

雨，从天空落下来
我原以为，是雨失掉了天空

自由无羁的雨呵
它们构成了亮光闪闪的雨线
从最高的天空落下来
它们落下来就是要成为
这一地从容不迫的流淌水晶
它们是庄子分发的钻石

流进草叶就生出露水
绽出花朵
流进大地就成为稼禾和汗水
流进江河湖海
就成为新的江河湖海

于是，它们成为了万物
这上善之水

总以柔软之姿随物赋形，衍生不息

天黑后

天黑后，云朵在林边
踱着小步，我不再到密林深处去
漫长酷热的夏天过去了
树林里铺满了青青黄黄的树叶
蛐蛐在月光里浅吟低唱
汗水曾从我的脖颈和脊背淋漓滴落
埋进泥土里的
有的生根发芽，有的长作腐殖的蘑菇
落进虚空里的
有的积郁成疾，有的生发成气息
不可名状的暗香总是突然而至
——到处流荡，是的
时间的味道——我们都无法拒绝
天很快就会亮呢
林中很快就会落满白雪
万物也终将从融掉的死亡里站起身子

王妃的诗

王妃，安徽桐城人，现居黄山，70后，中国作协会员。曾在《人民文学》《诗刊》等发表作品，已出版诗集《风吹香》、爱情诗选集《我们不说爱已经很久了》、散文集《中年的月亮》。

万物皆有裂痕

一株苦荬长在江边垛口的裂隙里
露水滚动有清澈的镜面

当垂柳丝绒般的幕布被风徐徐拉开
光照进来，涂抹她纤细的手指

她在自己翡翠般透明的肢体上弹钢琴
从镜子里获得勇气和喜悦

那个字

灯光柔和，烘托着芫荽的香、生菜的脆
我们谈中年生活，咽下苦菊的苦
咀嚼的速度越来越慢

在草率的填补之后
舌苔变厚，舌尖舔舐之处皆有倒刺
在爆裂之外吐出的字词总是过轻

像一阵风穿过唇齿

有时放任饥饿
在星空笼盖的荒野里独处
水覆盖水，风呼唤风
舌尖卷曲雷霆滚动

蓟

我有不踩蚂蚁的丁点善意
也有一颗玉石俱焚的决绝之心。

我痛时，仿佛牙根和指尖在裂变
我笑时，牙根和指尖
协调配合你完成夜曲的弹唱

我陷进现实的浑流双腿灌满淤泥
“在欢愉的世界，保持水晶般的
清澈。”

还会有更大的雨

我急匆匆走过去
又退回来
我知道头顶的乌云不散
还会有更大的雨
枝头石榴花每一朵坠着的
水滴都颤颤巍巍

还会有凋落。
已经躺在草丛里和路基上的
花托和花蕊
多么像一团尚未熄灭的火

我看见灰烬
看见石榴花盛放即是打开伤口
看见艳丽的速朽和腐烂

小葱的诗

小葱，本名郭靖，祖籍安徽寿县，现居河南新乡，出生于1978年，出版诗集《夜鸟穿上鞋子旅行》《青葱》。

蝴蝶陷阱

我要那玫瑰睡眠
另一端的你，深入蝴蝶的陷阱，
没有爱情的诗人，
像死去的花纹，长着模糊的脸。

细节等待填充，
闪电的微词也要被允许，甚至扎眼的错误，
都是鲜活的星群，我想醉在
你身体内，任性地饮尽蓝色银河之酒。

是的，无常的世界总会完蛋，
远方木星已经偏离，
我希望，浮萍风暴发生在见你之后，
关于我们的这首歌，不是易逝之音。

熊正红的诗

熊正红，湖南汉寿人。居广东江门市。70后。系中国作协会员，江门江海区作协主席，江门诗社社长。已出版诗集《狼的歌谣》《独舞者》《星星泉》，人物传记《云海悲心——又果长老传》。获广东省第十届鲁迅文学艺术奖。

草妈妈

三岁时，她被爸爸抱在怀里
父女俩默默看着村子里的人，把她的母亲
安葬在了村外的一个山坡上
那个山坡上种满了青青的草

从此，她最爱躺在山坡草地上
任那些草，触碰着她的鼻子，嘴巴，耳朵
触碰着她的手，脚
她知道这是她的草妈妈，在抚摸她

她就躺在草地上，和草妈妈一起
看蔚蓝的天空，白白的云朵

颜梅玖的诗

颜梅玖，笔名玉上烟。1970年出生。现居浙江宁波，供职于宁波某报社。著有诗集《玉上烟诗选》《大海一再后退》以及诗合集《玻璃转门》。有作品被译介到日本、美国等。获人民文学诗歌奖和辽宁文学奖等奖项。

独酌

时间仿佛已经消失了。现在
醉意已经来到我的双颊
来到我舒展的身体里
手中的酒像一朵花那样轻颤
而我饱满起来
内心又涌起了水声
此刻，除了成为饱满
我不再是别的什么
我多么热爱此刻——
世界在轻轻摇晃
在慢慢旋转
我在其中升腾
一切都变了
仿佛我已不在人世
如果我开口
声音也一定很遥远
今夜，大海在发动引擎
我允许自己的眼眶

慢慢涌满泪水

镜面草

之前有十一片叶子
现在有十二片
不同于其他叶子
它有波浪形的流动
这片叶子，有着非镜面的逻辑
像风，没有谁能阻止它的存在
这种奇迹来自于大脑那细致的感觉
那种感觉掌握着我，或者说
只是赋予了眼睛一个现象
它翠绿，丰富
但十几秒过后
它不再赋予眼睛这个现象
那种感觉也渐渐不再掌握着我，或者说
那种奇迹不再属于大脑那细致的感觉
风，也只是一个念想
这片叶子，只有镜面的逻辑
它寂静无声
现在，它只有十一片叶子了

我乐于观看自然

我乐于观看自然
橡皮树椭圆形的叶片，浓绿肥厚
顶芽鲜红
有着饱满，自然的皮革质地

车前草的叶子呈螺旋形
这种神奇的排列，使每片叶子
都能得到充足的阳光
豆荚在一夜之间成熟
从啪啪开裂的欢愉声中，你会找到它的形状
田野里的稻子，信徒一样站立
它们有着黄金一样的信仰
果实是多么温顺啊
在阳光中不慌不忙着色，静静地
在枝头上长出自己甜美的样子
尽管它们不会久留
还有云朵
我们看见过它们全部的样子和色彩
还有星星，在夜空里温暖地开花
将我们带往最深的黎明
山和水，甚至尘土，都有自己的形状
我相信风，也有自己的形状
它古老、宽广，于隐秘处飞翔

落叶

风带着它们离开了枝头
如鸟儿一样，俯冲而下
它们落在小径上，杂草中
落在一只塑料袋上
落在汽车的玻璃上，电线杆旁
有一枚，还落在我的头发上
我捡起一枚乌桕叶，想听听它
是否在孤独地唱歌
风并不大

但已足够让它们飞离
只是它们飞得太快，一眨眼
就结束了舞蹈
有时，风仍带着它们小范围地转动
因为它们还剩下梦
最后，才剩下永恒的寂静

杨清茨的诗

杨清茨，现居北京，70年代生人。中国作家协会会员，中国诗歌学会理事，《中国文艺家》杂志编委会执行主任，获第八届长征文艺奖及其他多项奖项，已出版诗集《玉清茨》，联编《诗为最美奋斗者歌》。

蒙古马与小姑娘

这匹桀骜不驯的小蒙古马
正在扬蹄
踏动内心里
激越的鼓点
吸引着风的注意力

当我美丽的六岁女儿
勇敢地跑去
与它合影时
它眼里迅疾盛开了
如荷般之夏花
羞怯垂下了密密的长睫毛
褐色的鬃毛飘舞
若慧星经地
只用前蹄
轻轻地刨着地面

而我也在与天地私语

问那
灰鹭在丛林飞过时
田田碧荷之露滴
江南新剥之白菱
清晕无尘之新月
“郎骑竹马来”的古词

我六岁的小女儿呀
分明是在
代表着我曾如百合的童年
去与一个早已远逝的梦，合影
留念

重生

不免烦恼或痛苦
莲花中化生
或是依托精神
赐以净土
枯叶将意识形态
铺满长河的寒瑟、沉默
它或发抖或怯弱或隐藏
寻一个枯萎却安静的载体
牛蛙在黑塑料袋的漏洞挣扎出大大的脑袋
它们呜呜的耳语
窃喜刑场脱险及可能获得的解放
泥鳅舒展蜷曲的身段
缓缓热身
在下水前，轻轻试了下水温
它要保证这个冬日畅快的游泳

偶尔它也游回来
拍打一个旋花，转一个圆圈
对着彼岸解开此身束缚的人
如果可以
它们也想提笔写封致谢信
过往的业力
是一段糊涂的不堪回首
谁也不愿提起
活在当下
撒一把米，几段经咒
当然还有皈依的仪轨
一个不能少
咒语与放生
就像文学与恋爱
互为表里
也会祈祷灵魂之永生
冬天并不寂寞
它也见证了此过程
落日倚枝而居
并以风声之哽咽反复予以赞美

臧海英的诗

臧海英，生于70年代，山东宁津人。出版诗集《战栗》《出城记》。曾获华文青年诗人奖（2015年）、《诗刊》年度“发现”新锐奖（2015年）等。参加《诗刊》社32届青春诗会，诗集《出城记》入选“21世纪文学之星丛书”（2016年）。

不知道

一个诗人，说不清诗是什么
我们爱，我们不知道爱是什么……
就这样，人类承认了自己的无知
世界，仍保持它的未知
而地表每天还在运动
星空也发生着微妙的变化
一支南极科考队又开始了艰难探险
幸好我们不知道
幸好不知道比知道的多
也许这就是我们继续下去的理由
也许在两者之间，正是诗的部分

存在与消逝

看一张布罗茨基的照片
我恍惚，来到了
他的时代。也仿佛遇到

我喜欢的茨维塔耶娃，阿赫玛托娃
曼德尔施塔姆和奥登……
以及还是小男孩的
他，在喝了一杯茶和吃了一个蛋后
沿着花岗岩河岸奔向学校

……他们穿过我
又都走远了。

回到冬日午后的沙发上
我抱紧了我和我的猫
和布罗茨基怀里的猫一样
它们都陪伴着
活着的我们

庆祝日

这一天，我暗中修改了自己的生日
经过我的允许，我才是我
这一天，我举杯
庆祝自己的出生
庆祝，我终于可以决定自己的死亡

青菜记

一棵青菜
正在失去水分。我拿起它
穿过人群
确信暮色里有我们共同的

无法抗拒的东西

去除枯叶，把它放在砧板上
转身，我也在疲惫中爬上床

深夜醒来
我安慰自己，你并不孤单
一棵青菜，也在厨房里默默消化着
身边的黑暗

赵小北的诗

赵小北，70后，出生于黑龙江，身份证深圳，现居地德国，已出版个人诗集两本，作品见《诗潮》《诗歌月报》《星星》《星火诗刊》等。

周末，去安吉家

那些陈年旧物
都是安吉的宝贝
一个等着用钱的女人
还有什么舍不得卖呢
她爷爷的金丝边儿眼镜
她奶奶的奶奶的餐盘
和几代人戴过的首饰
我对着镜子比画着的那条项链
被安吉紧盯着
我问她："多少钱？"
她说她要想一想
直到我转悠了一圈
买了两个烛台
准备离开时，她追了出来
把一直攥在手里的项链
塞给我：30欧元，卖给你！

嗯，这条项链现在是我的了
背面刻着：

1965.10.28，爱你的罗伯特
为什么死又为什么活着

2003年

那时我穷
不止穷，一只手被砍坏了
打着厚厚的石膏
我养不起我儿子，我抛弃了他
我是准备不活了的
后来，没死成
我揣着安定片
准备，下一次再死

2004
2005
2006
2007
2008
2009
2010
2011
2012
2013
2014
2015
2016
2017
2018
2019

2020
现在是 2021 年
我还活着
我要把我儿子找回来

宗小白的诗

宗小白，本名凌芝，江苏镇江人，1977年生，省作协会员。出版诗集《如果，你的生命里没有火》。曾获江西省文联“挚爱：星火暖诗100首”首奖五星好诗奖、首届闻捷诗歌奖一等奖、中国·吴江“诗话运河”诗歌大赛特等奖等。

星辰

一切事物经过相减
才能得到结论

譬如星辰，是夜晚
与白天相减得到的结论

爱是生与苦相减
得到的结论

在圣雷米的一间精神病房里
一个叫文森特的人，得出孤独

是爱减去窗外
丝柏木气味的结论

在画布前，他像一个农民
把这个结论，放进他眼睛的水井中
变成了他内部的深度

这让我看见被屋舍托起的星空
总会想到一些被飘落的黄叶
减去后的事

我知道，这涉及宇宙更深处的物质
也涉及，那些触碰灵魂的知识

从野地这头

有一回，我们又来到野地
在一株乌桕树下，我们发现纷飞的

落叶就是这个世界许多
解释不清的缘由

我们的片刻伫立，就是一种
没有对错的定论

我们的鞋底，踩在松脆的树枝
或蒿草上，都在试图打破这个定论

使之不至于太过沉默
而被鸟雀误认为是浆果

大个儿、乌黑的浆果
无论我们摘下哪一颗，都是甜中带涩

无论我们怎么随手丢弃
它们都不管不顾

从野地这头，疯长到野地那头

V

生于1980年代

戴潍娜的诗

戴潍娜，85后，江苏南通人，现居北京。《光年》主编。出版诗集《灵魂体操》等，文论《未完成的悲剧——周作人与霭理士》，翻译有《天鹅绒监狱》等。自编自导戏剧《侵犯》。荣获2017太平洋国际诗歌奖年度诗人、2020剑桥徐志摩银柳叶青年诗歌奖。现供职于中国社会科学院。

风华

吞一口沙子挑出一粒甜米
我时常纳闷：年轻时的血，去了哪里？
它去到一颗遥远的星星，为我点亮一棵圣诞树？
抑或变成燃料，加满了一台拖拉机？
我只是在表盘上睡了一宿，
和衰老交换了一副身体
锦绣的灰烬，周身鸣放暗哑礼花——

祝贺它成功从我小小的皮囊中越狱
不竭地去往陌生之人，陌生之地
偶尔，在我喜欢的朋友们身上
我会嗅到它！
在宽阔的山坡，在无数耸动的叶脉
甚至命运交响曲里，
它冲动地想念了一把我这副旧身体
纵然是一份宇宙级乡愁
我从不指望回头。过去在未来等我——

我像一个崭新的情人，戴着白发新簪
坐在它偏爱的风雪天
嘈杂人群中，辨认他们内心流淌的音符
平庸人生里，听到湮灭的华章
逆淌的泪，是砸向眼眶的霜雪
曾被这丑陋世界夺走的青春的血
清澈的血，它千万人千万条路地寻回

渗透

你闪进破碎的树影
你将自己编织进鸟鸣
命中寂灭的火把，抛向彤云穹顶
你像一只狗，嗅得出所有即将消逝的亲密

这本不是一场生死对决，尽管
死亡列队整齐。请相信我，
所有的水滴终会融为一体
大海蒸发以前——
巴巴里狮，斑驴和帕拉夜鹰都向着你航行

——万物流向彼此
我们活着，无处不在
生命引力，携带旷古的回忆
当你开口问：又为何分离？

我试着回答你，收集你
不让有你渗透的大自然散佚
若我不小心说出了我想你
皑皑宇宙的坚壁深处必定有一个回音

你已嵌入世界的光景，你一次次被唤醒
我们驻足同一个故事里。

本能

无数次地，我回到这片古树林
像闯进永恒坚毅的水晶
离魂的苍柏，保持着绝对的姿态
没有人察觉，为了争夺阳光
它们每月向上拔长三厘米
只为把同伴扼杀在阴影里
这静谧又持久的厮杀——

一个人一生要反复练习
从悲伤中一把捞起自己
犹如距离阳光只有三厘米，
犹如在溺毙的爱中攫夺呼吸，
一切和演习温柔的杀技同一逻辑
隐痛原是生活的伴侣——
假使我一回回从乱梦中惊起，是为躲避
那来自远古纪元里巨兽的哀鸣
假使我娴静不语，只因那
抵住喉咙的笔尖缓缓生长

坏习惯

我不喝酒
我就是酒精本身

我不抽烟
多年来默默跟在一杆大烟枪身后

不吃这一套，不吃那一套
今晚的彩虹刚好拌饭

南极圈的冰盖发誓绝不融化
我发誓一直微笑，绝不偷看笑容背后的
眼泪成分表。
我的高兴，是一种
抑郁症

我翻山越岭找寻诗句
人生却是台十足的自动废话机
吞下去的寂静与吐出来的讽刺
不般配！
我并非不擅长横眉

躲不过响尾蛇咬住舌尖
它酥麻且微甜，
就躲进大衣口袋里竖起中指
不臣服于太多正确，
我在众多错误中探索真谛

我不相信绝对平等
那只会由绝对的自私巧妙构成
我不否认撒谎，
仅仅是活着，便又
为谎言之上的人类故事添上一笔

我像一个职业罪犯般写作

生活竟被一页页空白追杀
——无涯的空白，
像往来的月色
更像你

我还没有见过你
你已充斥我的身心

我对美梦永恒贪婪
参不透爱里永不发育的道德感
奴隶的快乐我还未尝过
扔出去的飞刀会变成鲜花橄榄
再一次将抹大拉的玛丽亚供上神坛

人群鼓掌，举起毁灭的手
我的爱，一旦开始
就永不收回
像一滴陈酿挥发进空气
消失在无限他人之中

不喝酒真是我的坏习惯
我就是酒精本身

所有这些相加
就是我沉默的部分

春树的诗

春树，原名邹楠，1983年出生于山东，已经出版长篇小说六部，个人诗集两部及散文集若干。代表作《北京娃娃》在全世界二十几个国家翻译出版。2017年获“李白诗歌奖”银奖。小说《乳牙》获2020宝珀理想国文学奖入围提名。

为了自由你愿意付出多少代价

樱花树下
友人第一次见到馅饼
馅饼先于我冲出幼儿园
“阿姨！”
并且用中文
友人说
她忘不了这第一次会面
他是如此阳光
如此活泼

她没有生孩子
不是不想
这么多年了
一下子也就过去了
甚至没有深究
到底是谁的责任
现在卵子已失去活力

印象深刻的还有
那天我的急躁
在馅饼站在路边看喷泉
玩木棍儿不走
爬上别人的摩托车
我想赶紧回家
我在焦虑
改不完的小说
写不完的诗
未来何去何从

她爱上了馅饼
与我不是一种爱
同样是爱
她在与馅饼在一起时
成为一位母亲
比我更体贴
馅饼走在我们中间
毫无疑问
健康阳光明亮
是我们女人共同的孩子

拯救

那一类书和电影
看得我流泪
不能在现实里满足的
在他们的故事里
得到圆满
正义得以伸张

爱从不落空
即使没在一起
也是因为其中一个 死了
童年 稳稳安放
是碗鸡蛋面
是个承诺
是承诺
就会履行
爱情 更多的是种叫
义 的信仰
你信 信则灵
你为之信的
同样信你
爱 就会有行动
而行动
无所求
这在读者和观众我看来
就是公正

或许他们是对的
为什么在我的故事里
没有虔诚
没有笃定
全都是失望和算计后的
冷酷
呢

遇见谁，都让我想到从前

又一个男孩向我打招呼

我看到他主页里的照片
是我愿意成为朋友的那种相貌
清秀 年轻
是小镇青年或者我表弟他们
那种气质
的确，从照片上 就能看出一切
真的，一切
我没有回答
自从我离开老家
来到北京
我就多了疏离 冷酷
这成为了我气质中的主要构成
我该如何和一个
像曾经的农村小伙伴的男孩
一步步解释我自己
一步步了解他
成为朋友
深水长流
或许我想多了
然而 友情
与其他一切情
都需要时间
我想象着他 遇到许多人
打了许多招呼
终于遇到一个和他类似的女生
走在大街上
他们很合适
于是我继续
保持了沉默

柠檬花

或许粗糙麻木一点
更幸福
神经粗大一点
停止日思夜想
我不希望
我的孩子
用和我一样的思维来写诗
他该大笑
调皮
发怒
喜欢所有的花
“所有的花都是美丽的”他说
正如他所言
维也纳维马丁家阳台上的柠檬树开花了
小小的白花
很香
对面草坪上有许多孩子
及大人
欢笑

冯娜的诗

冯娜，生于云南丽江，白族。毕业并任职于中山大学。著有《无数灯火选中的夜》《寻鹤》等诗文集、译著十余部。作品被译为多国文字译介海外。参加二十九届青春诗会。首都师范大学第 12 届驻校诗人。曾获中国少数民族文学骏马奖、华文青年诗人奖、美国 The Pushcart Prize 提名奖等奖项。

心灵

"你们诗人总爱写心灵……"
——噢，你不知心灵就是野火、钟声、谷粒
是岩石燃烧岩石有鹰的羽毛
是天真的念头寻找避风港

棕色皮肤的女人，种下无花果树
心灵就是布满老茧的手，修剪枝叶

在东方，心灵可以像丝绸一样堆叠
人们在猛虎的斑纹中发现柔情
心灵是裂缝、迁徙、贫病交加
乘一艘船，心灵就是月涌大江流

有时沥青一样黑而黏稠
只渴望一条止血的绷带
心灵是庞贝、马丘比丘、烈日下的斗兽场
废墟偶尔也等待着重生的奇迹

是拥挤、推搡中的一丁点儿喘息
心灵就是记忆、居所、还在旋转的星体
心灵就是此刻
久远之物比活着的人更熟稔

龟兹古国

在晾衣绳上晒得蜷曲的下午
在昏暗的洞窟
残破的壁画中，乐器还在弹拨
在一首不完整的和歌中——
我曾听命于我的佩剑：这里是龟兹
我将会隐身于我的夙愿：这里依旧是龟兹

那波斯曲调的水分
让我在某一个地方秘密地活着
战争、苦役、罪人的刀口，将我弃于沙土
智者在流放中，抵达了我丝绸的音律
劫掠者，在自己的贪婪中面壁——
我是壁画中最高的修辞
被剜去双眼的造像，赐予我更多的星宿

这里有更多不属于谁的酒酿、经文、烈马
在干涩的海盐中，我会过去
在一部会被读错名字的古籍里
消失在一个诗人的汉语中
——我存在于：龟兹

博物馆之旅

没有声音的朝代，超过了后代的理解力
一代人的器皿，保存着他们的雨水和心智
我相信重复，也是创造历史的一种方式
——或者，是众多的重复延续了历史

献身于某颗星辰和它不可知的轨迹是愚蠢的
相信星象坦荡则更加愚蠢
一行经文获得无数版本的赞颂
如今，隔着冰冷的钟罩
我们活捉了一个伟大国家的祷告

那些在旷野里逃窜的、在海峡溺毙的
罕见的、庞大的白垩纪物种
想象它们和我们一样目光发烫，辨认着未知的来客
来自地心深处的背叛
繁衍出岛屿、密林、始祖鸟多余的翅膀
此刻灯光盘旋，为它们注入新鲜的死亡

时间的暗道和窄门，被推开、掩埋
一尊远渡重洋的雕像
眉宇与我们相仿
而我们
我们正在为尘埃和海水的重量 争论不休

杨碧薇的诗

杨碧薇，原籍云南，现居北京，生于80年代，出版作品：诗集《坐在对面的爱情》《下南洋》，散文集《华服》，学术批评集《碧漪或南红：诗与艺术的互阐》。

海滨故人

我们朝回澜阁走去。
栈桥下，劳动者从灰玻璃中掏出海的女儿；
艺术家驯服石块，将它们垒成
袖手神佛。
迎着人群的曲径，你说到悲泣的庐隐；
无法再往前了，只有海鸥能抵达
人类渡不去的境地。
关于白日梦、吊床和酒杯，那些使我们狂野又冰冷、
颤抖并尴尬的毳羽，
从未背叛时间的馈赠。
也许百年前我们就活过一次，
并曾以耐冬的芒姿燃烧一生。
而今天，海浪正被风驱赶至礁石的领地，
波纹反向，像一条条玄色脊梁，
用不可阻挡之速持续后退。

雪夜永恒

直到雪花织成了银丝网
我们仍骑着摩托车漫游昭通城
我的手搁在你衣兜内，头靠在你背上
紧贴你起伏的田野，我眼前胶片蔓延一卷卷倾斜
街衢空荡，路灯向琼苞深处张望
零落的背影匆忙回家
我们有家不归，只想就这么依偎
就这么云中航行虚掷一生

真好啊，抹除语言的世界，唯有皎洁与你我无垠
我的彝族男孩，你的金色耳环迎风摇晃
和你整个人一样，痛饮高原的圣光
真好啊，十七岁
一小时前我们还在锆石的星空下亲吻
一小时后我们将去小酒馆烤火听摇滚
真的好，清酒酿的爱情
它同时带来最柔软的，最悲剧的
以及杯中的烟花
让我们身处其间而浑然不知
纷飞多年，那一夜的甜还流涟我舌尖

抓水晶的人

——致陈子昂

也只有在蜉蝣的纱翼
折射出金钻的须臾，我才会想起你。
是你，让那枚近乎透明的白水晶，
从文字的昙花狂欢节里显形。

苦瓜白水晶，鹄影白水晶，
你抓住了它，像抓住流星横扫银河的尾速。
这速度于我们的生命，是一个微毒公倍数，
放大了另一头的家园，搅起这边
欲罢不能的无限愁。

可你又松开了手，那么自然，那么轻，
仿佛从不曾拥有
废墟般美丽的白水晶——
它才是自己的主人；它目送你越过镜面和冰凌，
身披燃烧的霜叶踽踽远行。
对于它，你早就懂得：
泪流第二次便为多余，
流一次方乃绝唱。
而余生风景，不过是与异乡坦然相处，
在寂静中完成对短暂的责任。

地球剧场第ＸＸ幕：永珍

在永珍的街心花园，头缠银丝的
白人老妇叫住我：“你好，姑娘。
你为什么来永珍？”

正午阳光下，她的眼神在雪的镜片后
炯炯如星。我停下脚步，背靠一株
滴着绿蜡的大榕树。风吹过，我说：
“永珍在我意念的锦匣中，又在我想象的城垣外。
塔銮庄重，丹塔古朴，
奇丽的香昆寺，夹着一丝明媚的狡黠。
这座城市并不打算整理盘错的天线，

以及欠收拾的巷街，这些皱纹加深了它
作为一座没落王城的刻度。
它总泊在白日梦岸边，喘着将暮的疲倦。
我爱这份眩晕，
永珍堪称爱情的头号替代品。”

老妇摆动着肥胖的身躯：
“在永珍，我永远分不清
哪些是道路，哪些是庙宇，
哪些又是私人的庭院。
我在被打乱了时空的魔方里，
跟着色块旋转。
玉绿，黄金，朱砂红，天蓝，蛋黄花白……
每一缕色彩，都像刚从晨曦里拎出来。”

我点头：“其实，永珍是一座大型人类剧场。
不管你是老龙人老听人老松人华人高棉人还是
什么人，来到这里，就是戏剧的参与者；
扮演，不，体验的角色是自己。
这个剧场不会为你
提供你想看到的，它只负责呈现世界的本原。
这里没有观众席，也没有舞台；
你呼吸，你的角色就活着
——为自己而活。”

“是的，你从哪里来？”她指着身旁
更老的男士说：“这是我哥哥。我们
从布里斯班出发，经星岛，可真费了一点劲。
十岁时我们说要来，二十岁也在说。
现在我七十岁，他七十五，
总算来了，不打算回去。

地球上，总要有一个剧场给我们入场券，
一到永珍，我们就知道，是这里了……”

一幕终，多阶魔方重新开始转动，
澳洲兄妹坐在街心花园的石凳上，
目送我骑着戴花的大象，
去往南掌王国，唤醒雨林深处沉睡的舞台。

艾蔻的诗

艾蔻，四川人，现居石家庄，生于80年代，出版个人诗集《有的玩具生来就要被歌颂》《亮光歌舞团》。

7月17日生物观察

《西方哲学史》的旁边
是《牛津大学终极昆虫图鉴》
世上最漂亮的虫子
与著名的思想放在了一起

夜间，亚里士多德与柏拉图
喋喋不休地争辩
两只步甲爬上玄武岩
因抢夺地盘而大打出手

昆虫的疑惑：什么时候
才结束这漫长匍匐
人类的眼睛：看！翅羽的正反面
也写满了生命意志与鬼神传说

如果身体无法冲出自我
即将羽化的蝶蛹又何去何从
史诗般的迁徙中，行军蚁
沿途留下气味轨迹

昆虫与智慧，或许都归于
大自然凭空造物
而诚挚的语言永远动听：
“吾爱吾师，但吾更爱真理”

驼鹿

我曾见过万物复苏的初生兵团
在小兴安岭北部
当我迷失在针阔混交林的植物学中
猛然抬头，硕大的掌状角
便是它，驼鹿

我曾反复聆听持续而微弱的神启
它伸着脖子饮水
顺带啃咬一株埃及蓝睡莲
后来，索性潜入湖心
高耸的肩峰拖曳出炫目光影
在半空中久久飘散

驼鹿是孤独的，我也是
喜欢多汁的浆果
喜欢游泳，喜欢在夏季舔舐盐碱
由于想念甚于相见
足够衍生出别的事物
每次它一跃而起
远方的我也不由自主腾空
仰头张望高处

藿香

它的香气向来饱受争议
像伪善的薄荷
又像半妥协的敌军
它锯齿般的边缘，叶脉繁复
构建出宏大的味觉实验室
植株的弯曲与律动
是烟花秀，满溢着欣喜与诧异

当年野生新藿香
尚未开花时，采其茎叶
洗净切碎拌入嫩蚕豆
略带攻击性的清凉直冲鼻腔
这种味道
曾令我的外婆痴迷不已

很多回，她变成陌生模样
将自己锁进厨房
如歌如泣地料理那些小东西
身体始终保持倾斜
仿佛获取了某种神秘力量

环形跑道

可以任意设定起跑线
经典的追及问题频繁上演
甲和乙，同时同地同向出发
再次相遇时
两人的路程差等于跑道周长

它的有趣在于
为了成全这道数学题
速度快的总要拼了命去追
一副惊慌失措的样子
而跑得慢的人愈发悠然
还差着大半圈呢，不着急

第四圈，师兄从身后翩然而至
喘着粗气：莫比乌斯环
扭转 180 度的纸条首尾黏接
无须跨越它的边缘
蚂蚁也能爬遍整个曲面

第九圈，我再次被赶超
他谈起家乡的小黄菊：
自盛夏发起，花期直抵来年二月
熬汤服用可明目退翳
故曰千里光
我告诉他，在非洲
四千米海拔的高山沼泽地
有种体型巨大的植物
枝叶紧凑，没有值得炫耀的花
名字也叫千里光

师兄明显慢了下来
我们开始聊环游的行星
旋转的太空垃圾
远处零星的虫鸣渐渐收声
在环形跑道上，只要步履不停
人和人总会一再相遇

安然的诗

安然，1989年生，满族，现居广州。获《草原》文学奖诗歌主奖、名人堂年度十大诗人奖、李杜诗歌新锐奖等奖项。出版诗集《北京时间的背针》。参加《十月》杂志社十月诗会。中国作家协会会员，鲁迅文学院民族班学员。

难过

我为鹰的突然坠落而难过
我为风的暴戾而难过
我为长白山上负伤的母鹿而难过
我为村落的枯槁而难过
我为晨光中正在接受消融的雪而难过

我也为自己难过
长久以来，我从未获得先人的锋芒与理想

给我

给我水
给我灵感
给我修建一座房子
没有春天的池塘

给我灵魂

爱
和野兽般的命运

给我——
比夜，还要辽阔的生命

我成为过你

我成为过你
我成为过你喜欢的样子，你的牙齿、指甲
晨风中颤抖的惊喜
我成为过你绝望的理由
一小块疤
一片黑暗中的沟壑
一种旷日持久的衰败，一次寥落的存在
长时间以来，我成为过一个诗人
爱着远方的哲学
我成为过你，在失修的路基上醉意沉沉
我成为过一小块冰
在极寒之地练习生长
当我再次成为你，成为你的瞬间或永恒
我是凋零的桔梗，我是分娩的罂粟

安

祝我平安
祝我在朝霞的璀璨中获得安宁
祝我日日夜夜安然无恙
祝我在地球的子宫中安全出生

松花江流域的安佳氏和那拉氏
我最遥远的先人

是什么让我想起王朝的兴衰
是什么让我返回一个民族
内部的葳蕤和热烈
是血液
是血液沸腾时我不住地回望铁蹄的
铿锵，和索龙杆的矗立

夜无风，月上梢
祝我安逸
祝我心中的大清溢满光辉
祝我手中的历史，安详如死者
让后人一遍遍抚顺它栗色的皮毛

段若兮的诗

段若兮，80后，甘肃庆阳人，出版诗集《人间烟火》《去见见你的仇人》。作品入选2017年“21世纪文学之星丛书”，参加诗刊社第33届青春诗会。鲁迅文学院第34期高研班学员。

昙花

若能用“一瞬”教导“永恒”
我愿在黑夜独自盛放，并立即
——死——去

于是，昙花在夜之祭坛打开冰晶的身骨
香息绵密、锋利、冰冷

当她忘却了所有痛苦转身离去后，香息还留在原处
只是一滴泪，熔断了月光的钨丝

……夜熄灭了自己

血橙

暖黄果皮下包藏浓烈的酒香艳的情书，和缠绵
滚烫的月色，裙摆上旋转的舞会，……半途而废的婚宴
热情，美色，背叛，……仇恨。音乐中的沉沦
……高脚杯倾倒了

无比甜美的柔情蜜意。毒液，枪支和……葬礼
被烟蒂烫伤的手指。红唇上的火焰和血迹
……而你被这样的唇深深吻过

——可是一枚橙子把血色紧紧包裹起来，对所有秘密
缄口不语

幽蓝之湖

你用巨大的寂静攫住了我
——此刻的我，和永恒的我

水草和我的面影重叠
一条红鱼游入我的眸孔
又从肋骨的缝隙间游出

芦苇之畔，荒草杂生，掩埋了路径
一座断桥，便是尘世派来的使者
接我回去

断崖

是什么力量打断了巨石的倾诉？
你愤怒
而那未及说出的语言在体内长成
铁的筋骨
断崖突兀、傲慢、承受着天空和时间的双重重量
又像是对着风，一声声，无声质问

……风不会回答你。只留给你一件虚无的斗篷
只是山阳有鹰，山阴有雪
极目处，落日恍惚

缎轻轻的诗

缎轻轻，原名王风。诗人、科技工作者，籍贯安徽古城桐城，现定居上海。出版诗集《心如猎犬》(2018年)。作品曾入选十月杂志社“十月诗会”(2017年)、第34届青春诗会(2018年)，获第十一届丁玲文学奖诗歌新锐奖(2020年)。

像橙子一样

我久久地站在
沃尔科特的酸橙树下
望向一团白色的火
眼神酸胀

云雾，从西方也从东方升起
我抬起双眸
在自然元素的流转中几欲发狂

古典主义冻伤我的思想
我躺在本世纪的疾病中，躺在
伤口的裂隙里，那一片殷红中
瞬时涌起厚实的乳白浓浆

散发消毒水味的小床
正并列着，阴影中我闻到夏天
果实初胚的涩味

果核圆形，世界扭动
运动员在狂欢
亚当裹着树叶，怔住了
他眼睛瞪圆，地球跟枚橙子一样。

活着，从探知或饮食中

如何证明，从单车上翻身而下的
是你？而不是混沌中一个
陌生人
他五官模糊，身形从
街边饮食铺中，得到
油脂、膳食纤维、蛋白质

活着的滋味是一块豆腐
病中的滋味是一碗稀粥
死去的滋味是一把西芹

这还不够，要从清醒或酣眠中汲取
养分，他每天
早餐时撕碎面饼，粥汤浸泡面容
松弛的分身
向上蒸腾。桌上总是
摆放着筷子、白煮蛋、一杯热豆浆

柔软之日

历史不会留下我的名字
而我，一个写作者，表达过什么

终会附着一片黄叶，它浑身闪烁老年的
褐色斑点，在风中旋转，历受
艾宾浩斯遗忘曲线
——颤抖、铭记、忘却

而时间拉伸的瞬间，一个年轻母亲
正牵着她的孩子
在水杉树下等候。这纯洁、柔软之日
在世界的醇酿中并无印记

限定我很容易

离死期还有多远？
四周芦苇荡弥漫白雾，自由不羁
这几十年
陪伴者总会离去，只有孤独在持久抚摸伤处

痛苦不是诅咒，是赠予
欢乐也不是上帝眷顾

我时而望向楼外吊车升起落下恍惚的一片废地
没有任何情感悲戚
也没有幸运

愿望总不能实现，困了也不想睡去
限定我很容易
因我总在顺其自然中

一片没有偏向的梧桐枯叶决定赴死
即便每一刻都截然不同

高英英的诗

高英英，1986年生，邯郸峰峰人。毕业于山东大学中文系，现就职于石家庄某银行。中国金融作家协会会员，作品散见于《诗刊》《当代人》等。

履历表

如果一张纸能装下一生，我希望我这张小之又小。
小到只剩下一个格子。

我要在那里写上：我是孩子的妈妈
妈妈的孩子。

银行到点就关门

银行到点就关门
然后我们就一边轧账 一边
大声说话
消解一天的疲倦

那个穿白色上衣的瘦老头
几个月都没来了
还真是 时间长了你就会明白
好久没来 可能就不会来了

系统里增加了一项新功能
可以把人的身份信息标注为死亡
这个功能我一次也没用过
因为走了的人 往往来不及告别

贺予飞的诗

贺予飞，湖南宁乡人，1989年生，博士，曾入选诗刊社第37届青春诗会，著有诗集《星星的母亲》《黑夜的渔夫》等。

放牧雨群

认识你后，我开始喜欢下雨
看着雨点儿舒展身子，像马一样
奔驰着，驱使我行动
我冲进雨群里，指挥它们
朝我手指的方向
它们不管不顾地跑着
要把我领向未知的目的地

在这场较衡中，我们都看到了彼此
因为爱而不知疲倦
因为爱，而战栗的模样

跑马山下

断崖上那丛被砍的仙人掌
又结出了仙桃

风轻轻擦过崖壁
康巴汉子打马而过

去年他的卓玛，为了摘仙桃
从崖边坠落

跑马山下，他背着新鲜的仙桃售卖
风如同一只少女的手，轻轻擦过
他崖石般的脸颊

与一支玫瑰对视

饭店里的服务生送给我一支玫瑰
它最外层的花瓣，已经生了几条皱纹
许是有人用手指经常地触摸
花瓣边缘排列着许多细小的豁口
所有的刺都已被剪去
由于失水，它的身上
长出褐色的斑纹

现在它被放置在餐桌的高脚瓶里
一如从前爱情里的我们
那副高不可攀的模样

纪开芹的诗

纪开芹，安徽寿县人，生于1981年，中国作家协会会员，参加《诗刊》社第33届“青春诗会”，安徽文学院第六届签约作家。出版诗文集《修得一颗柔软之心》《柔而刚的老舍》《忧伤而坚韧的曹禺》等。

被我弄丢了

有一部分鲜活的早晨消失在雾中
后来我只找到暮霭沉沉
很多人捡到我丢失的部分
欢笑，哭泣。谁越过我
偷走我的眼睛，耳朵
失去已成为日常
每天都在与身体的某些细节告别
体内沙子不断地流向时间深处
我走过的地方
有的成为黄昏，准备在黑暗中隐身
有的已化为梦境，不可捉摸

原谅

原谅我，高山。我把嗓音丢失在这里
在空寂中造成更大的空寂
我把鄙陋的影子投入你，河流
借用你永不停息地流逝形容我自己

我的土地，你托举了我
默默承受我的颓废，任性
我期待像一粒火焰，如今却像沉重的黑暗
自由，原谅我，只能通过幻想把你描绘
现在，词语来亲近我
宽宥我，我本想让它们带给你繁华
它们却给了你荒凉

青春咏叹调

耗尽全部心力
在人间不停地打磨自己
那个埋在书堆里的人
从一列算式中起身
观察我，辨认我，指引我
用刀子雕刻我
那时，她体内的狮子还没有隐入山林
发出的哨音，还在山谷回荡
我看她头悬梁，锥刺股
与灯盏结盟
万物在黑暗中的影子皆为知己
书本中的人物，图形，公式，定理……
纷纷赶来，一切思索都在黑暗中进行
风肆虐张狂，猛力拍打她的贫穷
她用一张稿纸
轻易地，将寒冷阻挡在身体之外
她，就是我的青春
是我巴掌大的版图
一个转身，就到了尽头
她常常饮下自卑酿造的酒

然后痛哭流涕
生活薄如蝉翼，一捅就破
她在翅膀上行走，如履薄冰
但这也让她能够保持轻盈
纤细的翅膀借着烛光滑翔
光是有感知的，而感知到光的人
最终从怯懦中飞起来
怀抱大泽，通体明亮

孔晓岩的诗

孔晓岩，生于1986，安徽砀山人，中国作家协会会员，出版诗集《重击的轻音乐》。

湖水汹涌

伞一撑开，虞姬就走了
伞下的人一生都在跟自己过不去

月光是白天的硝烟散去后渗出的一层盐，
湖心　马在踏浪
蹄声里
波涛被迫翻滚

我合起伞
任湖水瘫在月色的暗里，不能自拔

清水寺

音羽泉终年不绝，汩汩的血液
足够焦渴的人痛饮一生。
我有多浑浊，它就有多清澈。
可我，能用它洗净自己，
它却不能。我与来者何异？
风尘仆仆，在泥土里构建了肉身。

清水寺钟声骤响，泉水振颤，
时间停顿一下。而此时，
山河脱去了袈裟——
这位老僧人，在更老的钟声里沐浴。

龙少的诗

龙少，1985 年生于陕西西安。有作品见于《人民文学》《诗刊》《中国作家》等刊物，参加第十届十月诗会、第四届全国青年散文诗人笔会，曾获中国春泥诗歌奖、莫干山首届国际诗歌节金奖等奖项，出版诗集《推窗有鸟鸣》。

假想

星星升起在夜晚的山坡上
窗外，月光恰好变得炫目而安静
我的浅绿色的窗帘
透着性感的光，在褐色的地板上摆动
多美好的夜晚，虫鸣不会打扰
也没有花朵要在此刻绽放
我守着我的世界
它是一只繁盛的篮子
我在那里读到我的生活
不需要刻意改变的生活
光滑而舒适，落满饱满的橡子
我喜欢它在夜晚，不时递给我一些词汇
让我看见，飞鸟，大海
和海上幽静的云朵
应该还有别的，像我梦里的一杯甜咖啡
或者是白衬衣上，墨绿色的纽扣。

当我们回忆过去

那时候的母亲，有乌黑的辫子
不爱唠叨，背也挺得很直
她经常背着我，走很远的路
去另一个镇子赶集
那时候我们觉得星光就是大海
尽管我们都没有见过大海
当我们第一次站在老家的山顶上
落日余辉给我们披上薄薄的金纱
我们以为那也是海
它渗入我们的身体，又被山风缓缓吹起
我们回过神时，对四周的花草说
“你好，大海”
我们四周是野蔷薇
五味子，柴胡和忍冬。

雨

四月的雨水正在幼苗上编织着旅途
黄昏的轮廓也不比去年更加清晰
当你从一场雨中醒来
感觉生活就剩下这些薄薄的声响
你开始回忆过去，或者给自己
沏一杯红茶。有时你也只是
呆呆地坐着，听雨水
从一根一根的窗棂滴落，消失
像永无止境的悲伤，或最低处的音符
这是寂静给自己编织的曲谱
让你想到，很多个黄昏

都像四月
一场雨水，长久地清亮着
一小片寂静，蓬勃地清亮着。

流淌

我听见鸟鸣，一两声低沉的声音掠过
像对天空的一种试探
晚风也分出它的低音区给我听
我站在河滩，流水的弧度
轻轻擦拭着夕光脚踝
还有什么在轻轻流淌？
芦苇和蒲草在傍晚的夕光里
安静起来，远处的羊群正向我靠近
它们走过的小路，曾是我归家的捷径
我在这样的时刻，留恋着一个初秋的傍晚
那些时节营造的美，在傍晚的每一片田野中浮动
辽阔的沉寂，有着果实落地的喜悦
而我站着，像一枚橡子
打开了内心的坚实。

陆辉艳的诗

陆辉艳，1981年出生于广西灌阳。出版诗集《高处和低处》《湾木腊密码》等。作品发表于《十月》《诗刊》《天涯》《上海文学》《青年文学》《星星》《扬子江诗刊》等刊物。鲁院第29届高研班学员，参加诗刊社第32届青春诗会。

生活需要一个起钉器

用订书机订一沓文件时，漏了一页
想要拔出那颗订书钉
它已顽固地嵌入纸张
我把漏掉的那一页
覆盖在其他纸张上，在那颗订书钉的偏上方
又订下了一颗
现在，我的生活被揳入了双重钉子

但我此生漏掉的那些光亮
某个重要的人，新鲜的时间，微风
一趟夜行列车外透出的星空和突兀的森林
要如何与我现有的生活
装订在一起
所有这些加起来的分量
被一个隐形起订器平衡着

它藏在这世上的某个角落
在骨骼间的连接处

深夜里，常常听见它扳动时间的声音

在云杉坪看到的雪山

山顶的积雪，和白云连在一起
山峰变得更为孤寂
它在它自己不可与众人分享的无言里

我仍然没有到达山顶
神圣的事物，可以遥远地望见
此行就足够了

当我回头，一棵云杉
塔尖一样升起的树冠，在雪山闪耀之中
如此真实，不再需要保存意义
我的脚步突然变得轻快，如风过湖面，如有神助

回声

有人隔着江水，朝远山大喊
声音很快得到了反弹
由此放大的虚空
悬崖何其无辜

原野空旷，牛羊的叫声
经过云层反复折叠，心灵如废墟
被这苍茫一再击中
星空何其无辜

当你凝视黑夜，执意问询过程
黑夜会慢慢长出它的双手
加固语言的栅栏
——风中只返回一小半回应

回声，已找不到发出它的具体的人

小镇

是不是所有的小镇
通往医院的街道，都是阒静的

我走在上小学时走过的路上
银杏树叶落了满地
我却从未见过它的果实
挂在树上的样子
木门虚掩，雕花窗户已脱落
同样地，我也从未见过
它们一天中是如何投下阴影
夕阳里紧闭的门窗下
更不会有人大喊着："玛利亚，钥匙！"

我想着父亲年轻时也健步在这条路上
经过陈旧的照相馆、新华书店
日用百货店，米粉店的招牌常年沾满油渍
经过门前晒满药草的中药铺
在它隔壁，依然是棺材铺和寿衣店
再走过去，经过陶瓷店
才是镇医院

夜色中，它们顶着沉重的露水
站在街道两旁
——告诉时间这是最合理的安排

若离的诗

若离：祖籍湖北黄梅，现居武汉。80后诗人、作家、音乐人。已出版诗集《若离诗集》《那些迷途的青春》《中英双语若离短诗选》《贩卖孤独》、散文集《若离散文》《与春天对望的女子》、长篇小说《路过你的忧伤》《最后的慈悲》共八部，另主编文学作品多部，近年来跨界乐坛，发行多首原创歌曲，作品多次获奖。2014年成立若离文化工作室。

秋雨

憋了整整一年的闷气，终于释怀
就等着你的心一遍遍凉透
这秋天就有了色彩
一片黄叶的流离，代表不了秋
一把镰刀的期待，诠释不了丰收
走过无数关于秋的记忆
岁月在日历中无情地翻阅
立秋多时，我仍煎熬着如夏的灼热
路过的风，吹不散经年的沉默
一池荷花白了头，等你来渡
我的梦藏在白莲深处，期待被你带走
你来了，让我真实感受到一丝亲切的微凉
这才是秋天原来的味道
丰收踏上了最后的征程
诗在这一刻，开始恋爱

黍不语的诗

黍不语，湖北潜江人，生于1981年9月。著有诗集《少年游》《从麦地里长出来》。参加诗刊社第35届青春诗会、《十月》杂志社第七届十月诗会。曾获《诗刊》社陈子昂青年诗人奖、扬子江青年诗人奖。湖北省作协首届签约专业作家。

我记得你爱我时来自海上

路过一片田野，看到
所有的植物们
正盛开着它们的鲜花

一对年轻人在阳光下拥吻，宣誓
那温柔的嘴唇让土地甜蜜
世界的心颤动

我忍不住为他们祝福。我祝他们幸福
祝他们脚下的泥土永远坚实
祝田野永远有鲜花和麦子
火车
永远有回返的时间和铁轨

我想起了你
我记得你爱我时来自海上
你走时也是

我想

我想让你去那个夏天的
傍晚
看一看落日，如何收走它最后一丝光线
看一看倦鸟，如何赶往它们各自的道路

看那些道路如何奔跑和沉默
星星在头顶闪耀亿万年的疲惫，沉默
树木站在所有经过的地方却什么也不怀念，沉默
村庄一闪而过，沉默
世间静寂，沉默

我想让你看那个夏天的夜晚的我
独自奔跑的我
听不到任何声音的我
不得已轻轻唱起了一支没有曲调的歌儿

栽花的人

那些在路边花坛栽花的人
戴着大草帽，手上身上沾满了泥水
当路人为那些美丽的花儿驻足停留惊呼赞叹时
她们几无察觉，无动于衷

她们两只手快速不停地上下翻飞
用一个下午
将那些花插进挖好的土里

总是这样

在这世界上
一部分是美，一部分是存在
一部分人看到美，一部分人看到存在

突然的月亮

黄昏已经很深了
她仍在那条路上快步走着
一条小河穿过她被暮色缠绕的身体
而将水草留了下来
经过一块陌生的草地时
她没有迟疑，跟上了草间一条正在形成的小径
她看见前面不远处鱼贯
走着一群人，一支散乱却又似乎一致的队伍
她继续走，离队伍越来越近，几乎像是队伍的一员
她抬了抬头，茫然中
似乎想辨别点什么
忽然间
她的眼睛触碰到远处虚空中一轮明月
美丽，苍白，沉静，像一个深深的梦
她被深深地感动惊呆了
她看见在那个深深的梦下面那些人深深地走着
在深深的时间里再没有头抬起深深地望去一眼

吴燕青的诗

吴燕青，祖籍广东，长居香港，1984年生。作品散发于《香港文学》《作品》《草堂》《诗刊》《星星·散文诗》《散文诗》《台港文学选刊》《广州文艺》等报刊杂志。著有诗集《吴燕青短诗选》。

珍珠宣言

剔去粗粝，坚硬，砂砾，拍打。我有柔软。
剔去海浪，岩石，徒步，嵌入。我有晶莹。
还要再剔去些什么？海水的咸？泥沙的粗？悠长旋转的黑？
忽略柔软的肉体嵌入的疼痛，疼痛中生长出的动荡，迁徙。
忽略漫长的形成，成长。忽略不曾有花朵长出的暗时光。
站在灯光下，圆润晶亮，再也阻挡不了，投向我的赞美的目光。
购买我，佩戴我，多么高贵。珍藏我，炫耀我，多么富有。
站在镜子前，我和我的姐妹们，手牵着手。
就像天上摘下的星辰，有不可挡的熠熠之光。
如此安静娴雅，如此端庄美妙，如此洁白无瑕！
晚宴上美人微笑，夫人也温柔下来，母亲们也有神圣的光。
多么高贵的修辞啊！
打磨，穿孔，凿洞，不能再剔除了。那些疼痛，我忘掉吧！
松子油，硅藻土粉，融入肤体的浸泡。
不能再剔除了。这些刺鼻的气味，我忘掉吧。
贝壳，海水，波浪，岩石。我的故乡，再也回不去了。
寂寞唱起嘹亮的歌谣，像孤儿一般的珍心，这样的悲伤，我忘掉吧！
剔去的，忽略的，究竟重不重要？
从此，我只剩下美和有关美的所有赞词了。

多么骄傲！

乐园里有一个我的孩子

叶子和花 无语地从枝椏落下
蝴蝶蜻蜓试图逆转地心引力
它们匆忙地慰问一朵花一片叶
小麻雀嘤嘤地叫着姐姐

香港九龙的一个公园
又一个秋天写在了树叶上
阳光比夏温柔了几个刻度
树的皱折处扬起一曲牧童谣

湖边上一个五颜六色的游乐场
传来尖叫 哭闹 大笑
我想 游乐园里应该有一个我的孩子
是我和秋天一起生下的孩子
他会跑会跳会笑会哭

一个再具体不过的孩子
他在秋千上荡来荡去
他把世界真实地荡到我的眼里
比如树叶和花 无语地从枝椏落下

希贤的诗

希贤，本名梁茜，“80后”诗人，四川省作家协会会员，参加第10届十月诗会。作品见于《十月》《扬子江诗刊》《星星》《诗潮》《草堂》等刊物，出版个人诗集两部，诗歌合集一部。现居成都。

中年

莹澈、寂静的犁沟
像喝过杜松子酒后稠密秀发下的脸
我想起大雪天也执意去见的人
和冷峻而抽象的石上之石

奔赴中年的一代
心尖上有阔大的蹄铁
我们，和我们的父辈有着
遥远的相似性
如大地深处雕凿的巨石阵
有序却不重复

整个凛冬的雪
和冻土下仁慈的草木
给我火山、铁与希望

荷尔拜因的女性肖像

你脸上，古老沟纹的花冠
比任何时候都要美
那些伟大、宁静，深蓝
化作珊瑚
在岁月之冬保持纯粹
像藤须垂下瓜果散发僧侣气息

熊曼的诗

熊曼，1986年生，湖北蕲春人，现居武汉；曾参加《诗刊》社第34届青春诗会，获第五届扬子江年度青年诗人奖、第四届中国青年诗人奖。出版有诗集《少女和理发师》。

密林之花

有些花选择在密林中开放
一生不被人看见
只有寂静才有资格做它的邻居
那时候她还小
相信密林中的花
比别处更美丽，脱俗
为此她忍受着对寂静的恐惧
一次次去往密林深处
只为目睹那寂静中的燃烧
把手伸向它
抚摸它的茎和叶
快乐轻易就能得到
为了摘取更多的寂静
每年四月她走向林中
浑然忘记此行目的
是去看望密林中的故人

瞬间的事物

幼童张开双臂从小路尽头跑来
一头扎进母亲怀抱
少女在花树下拍照
面容皎洁，骄傲
情侣在灯下交谈
互相投去温情脉脉的一瞥
时间的脚步轻轻经过他们
不做停留。很快
幼童唇边冒出胡茬
少女脸上生出皱纹
情侣分开不再相见
瞬间的事物成为彼此的永恒
被保存在小路尽头
花树下和温情脉脉的凝视中
只是那时那刻
置身其中者浑然不觉

公园散章

鱼群在水面下等待喂食
当人群靠近它们又散开
鸽子白白胖胖
终日往返于鸽舍与游人之间
幸福是眼前的食物
不幸是后面蠢蠢欲动的手
一些树必须在春天开花
如果不这样它们会担心
被世界遗忘

另一些则不在意这些
它们安静地生长和落叶
在视线之外度过一生

最后的诗

当一个人足够老，老到只需要
空气，水和食物就能活下去时
身体会轻快许多吧

可今晨路过玫瑰时
我依然忍不住嗅了它的香气
看到溪流，就想把手伸进去

玫瑰被广泛种植，并非它本意
溪流因终日流淌，而保持清澈

什么都在更新的年代，唯有信念在折旧
我真正担忧的，是失去对玫瑰和溪流的渴望

徐静的诗

徐静，1988年生于浙江，中国作协会员，中国诗歌协会会员，入选浙江省第六批“新荷计划人才库”。出版个人诗集《睡在风里》(江苏凤凰文艺出版社)等。多首诗歌在重点文学刊物上发表。

月亮在别的夜晚

此刻，独自爬上月台听风
唤醒远方的纯朴与沉默
将马车、野花和信仰装进黄昏
巨大的岩石瞠视着一切

蜡白的天空，一张永恒的网
背衬着软弱涣散的细节
每一瞬间的纪念
都是精致的鸟笼

那只苍绿色的破轮子吱吱呀呀
上方饱受青苔斑驳的威胁
下方隐忍轨道日夜的延时
依然向着前方，天真地攥紧

时光在凝固中屏息
所有的发生并不陌生
没有滚烫的闪电，弥合的目光
欲望在彼此叠织伸展

月亮在别的夜晚轻吟

父亲与灯塔

你让我去对岸
我去了，却掉进了你的彼岸
时间从黑吹向了白
很多灰色的东西掉出来
遮住了海岸上迷雾涌进的灯塔

我以为你就是灯塔
可现在那里是烧灼的羽毛，被晒成干的叹息
以及无法止步的黑夜
彼岸或许更悲伤，你说
或许，你不是灯塔

它只是宿命般地降临，然后消失
如夏末的尘埃，暮色的峡谷
在看不见光的地方
打开黄色陌生的预警
划向远方

很久，我都未能抬头

我坐在对面的灯下咬着影子
皮囊里的声音，粗粝且晃动
它们试图翻转世界的摆放形式
将捕获的音符或诗行一一排列

场子里坐着好多自上而下的灵魂
它们刚在寒冷的夜中被打捞上来，
在区分啼哭与啼声的争论中
遍在、均衡、洋溢

像放牧的影子，由于警察的手电筒
聚在一起、摇晃，诱惑人们去相信
它们不可预测的、吸引人的光
又不得不带着恐慌……

在寒冷的内部，结痂的疤痕以及
在记住的、造出的还是拆毁的事物中
先有哪一个进入坡度
脸上栽满的树丛里，住着另一世界的额头

她待在表格里

她待在表格里，某种不在场的东西在降落
像无法遏制的纵身一跃的邀情，
登上那座空虚之上的阳台

“我和命运有个灰暗的约会”
“这是我的秘密”

时间溢满表格的空隙，
剩下三角形的两边避开死亡的伪装
打碎黄昏深蓝色的陶器
隐约持续的裂痕，将她抛向未来

生活本身又一次嘲笑了语法，

它与谎言只隔着一个无辜的字母
“你还要回到表格里”

云影的诗

云影，居香港，生于80年代，出版诗集《必要条件》《西贡的海岸》《春风破》等。

瞬息

不会再被提起，这些旅行中的异国硬币
许过的愿望，长凳上的海岸公园，微风的下午
低飞的红嘴鸥
沉默中交换的心事————
这些被遗忘的事物，庞大冗杂的黑暗，拥挤
堆砌起来，它们穿过你
就像海水在你脚下悄无声息
它们曾如何地发生
如今就如何地孤寂
它们是怎样温暖过你
如今就坐进多么深的灰烬
这些因你而生的瞬息永远地把你
留在那里，灰扑扑的，没有人再提起

张何之的诗

张何之，笔名草鱼，1988年12月生于江苏常熟，虞山派古琴传人，现居巴黎。法国高等社科院在读博士。诗作见《诗刊》《诗歌报月刊》，艺术品策展人，论著有《灵魂的骨骼》(华东师大出版社)、诗集《位置的国度》等。

murmur muet

她的爱欲不掺杂任何小气。
她厌恶天真。
她看到一个伤口，圆形的，闭合的，树的伤口，她立刻意识到一种性感，只属于彻底的闭合
或者敞开。
第一次驱逐我们的是爱，因为爱是无家的。
她就这么静悄悄地变成了一个封闭的国度，不，更小，一片沃土，树在她体内倒生，遒壮的根抓紧她的表皮，固定她的表情，而向内，亿万种方向，她心生亿万种方向：
我的脸是寒冬的冻土，
我的体内是厮杀的春日。
她只听见残景在唱。荒芜的平原，贫瘠的水域，不净的土壤，她一直听，直到黄昏，水终于成为光。
人从未摆脱对洞穴的需要
原始的空间，新时代的岩洞，拉斯科，机舱，飞船，腔体，蛹，岩画都已完成，一枚枚卵正孵化内部的光。
是的，她抬起头，所见之处皆悬着光明的蛹，熟睡者在蛹中熟睡，伤离者在蛹中痊愈，亢奋者踢打着光的胞衣，她收了收膝盖，轻

轻用小腿外侧抵住椅背。

他们自愿被关在同一个空间里，腔体，一次飞行的内部，他们沉默约定在同质里彼此抗拒，彼此疏离，离开与到达，再无差别。

她走下飞机，她得救了，夜间的城市、凌晨四五点的雾，地铁里的香水味，她得救了，在不曾移动过的陈旧里，她心里的晦暗扫尽了那些光，她又变得残忍，冷酷，她谁也不爱。内陆的风，斑斑点点，被阻挠，被改变，被塑形，一切形状都给它形状，一切形状都在它的形状里面，风。

他逆着风走，在内陆，某座城市，城郊的小树林里，几乎不可陈作树林而是，一些树的集合，他仍可以看见城市，从树与树之间过于稀疏的间隙，漏出简陋、几乎卑鄙的屋顶。

他无所事事，像一生中第一次无所事事那样，渐次分辨背景里的细声，溪流与石子的游戏，他暂时摆脱强加于他的命运，想到一次地理的裂变，地壳运动、挤压、推搡、堆积，他在一块大岩石上坐下，像从夜晚狩猎回到家中，午睡。

人们隐约地感到，在她身上，渐渐出现了无法阅读的部分，那些她在激烈的黑夜里写下的部分，那些她把自己关在明亮的室内的部分，写在她身体的某个深处，无法被阅读。仿佛她拥有了巨大的，超出他人时间的，时间。

一个夜晚还原为雨声。

水被形状切开，海鸥在冬日的河流上方的空间飞停，她看到一种更深的，比沉默更为秘密的顺从。她就这么坐进冰的月份，无法参与残酷，无法拥有命运。一月，为了不让词语夸大这世界，她停止唱歌。

她说

请给我深沉的，浓密的，黑色的爱。

他送给她香味，闭眼时，唯一可以握住的，形象。

她听到光在这些生硬的白墙之间来回撞的声音，现代的居家空间，僵直，惨白。她知道，那将是她被残害之地。

他手臂间的阳光，供人浅息的树冠，夜间，她归属他身体投下的阴影，一种局部，她停止看见，她只栖息，暂且回到日光下的踱步，夏季咸的呼吸，冰，她回到……她不许他停，停止做手头的事，停止阅读，停止思考，停止前进，停止离开，她只能在不间断的运动附近休憩，在不止的流逝的一侧，她感到渺小、赤裸、安全。她感到风。

她一次次起飞，一次次，从必然的衰落里，徒劳地、绝望地、成功地起飞。借助相反的运动

她悬浮在疲倦上面的空间。那里明亮，运动不会停止，哭泣，在哭泣之间可以饮食、观看、睡眠，然后继续哭泣，好像哭泣之间的生活只是生活的回忆，哭泣才是真实的。

教堂的尖顶在火中，燃烧，火的外围是目光、河、水流，在木坍塌的声周围是沉默，沉默，在尖叫的周围，永远是沉默，另一条幽深的河。

正是那一天，她搭飞机离开。

火的消息传遍了手机，屏幕，每一只屏幕，一场火，每一次观看，新一次燃烧。

她避开了事件，又一次。

他以同样的方式离开和抵达这些城市，具体的，巨大的，物质的，然后，渺小的，抽象的，记忆的，那么她呢？她懂了黑夜和白日只是一种假象，只是光，轨迹，面，运行，她飞行在一种更为抽象，更为原初的实际中，在空间的纯粹里。

她无法解开这样一个迷局，用身体，她无法解开这样一个迷局。

他离开宵禁之夜的海
他离开夏夜之前灼热的山坡
他离开鼻息温柔的土地
离开每一个爱慕他的时刻
脚下的一切刺痛他
他远远听到音乐
月光初上时草芽爆裂
急切地冲向远处的未来对他的回忆

在野兽般的沉默中爱一具身体
这就是它，先前所付出的所有艰辛都是为了它

张琳的诗

张琳,1989年5月生,原平人。山西文学院签约作家,著有诗集《纸蝴蝶》《人间这么美》《万物宁静》。曾获扬子江年度青年诗人奖等奖项。

春雪

昨夜落雪，今日已无踪影。

在这有与无之间，是什么
悄悄造访了我的梦境?

无声，却发出春天的光芒
像一只蝴蝶，飞入梦中

又飞出梦中，我却浑然不知。

愿你在清晨看见时光的脸

愿你在清晨
读到我的诗
愿我的诗
像一碗冒着热气的米汤
诱惑着你

低下头来
愿你在低头的瞬间
从一碗米汤的清净中
看到时光
那张浮出水面的脸

在一无所有的空中画上翅膀

一直画下去
直到群山都长出翅膀
直到每一棵草
都成了天使
一直画下去
直到大地动了恻隐之心
让地狱也懂得了飞翔

再画下去
让受够光阴之苦的沙漏
不再向下流

让所有逝去的事物
都变成灯笼
挂在天空上

一定是

我一定是个空心人
才会如此的不安
不停地，把山河故人柴米油盐

统统都放在心上。
我一定是个无心人
才会如此的贪心
借了一颗明月之心
不够，又借了草木之心群星之心。
然而，我一定是个有心人
才会如此的心慌
咫尺之内的哭声
千里之外的地震
万里之遥的炮火
都足以让我化为一只奔豚……

竹君的诗

竹君，上海诗人。1987 年生于上海，大学中文系毕业。“女上海”发起人。

1995 年

阳光的阴影覆盖她的疾病。
她无法站立，无法
制造新的记忆——
历史是行走的。

眼睛摄影机的录像里，阴影打开，
拓印一年前的秋夜：
她和他坐在他生活和工作地盘的湖边，
湖边，
一定是湖边。
他们用情话，而情话是眉批，
注释 1995 年。
（其实还有后面的一些年份，但 1995 年最重要。）

阴影卷起，阳光打开：

有人唱《一千零一夜》。
她 8 岁，行走在原公共租界生煎锅的经纬中。
她的母亲喜欢毛衣配呢子长裙，
转着长裙裹挟她，

滑进小洋楼玫瑰婚礼。

阳光里有灰尘，很香，
所以她的汗水里有甜蜜的烟火，
所以她做花童：
“白色纱裙包扎芳芳。
将来，芳芳会行走来这里。
他已爱上芳芳。”

他已爱上她（不可能），
在湖边。

后来，她的母亲说：
“这一年我发现我有一个漂亮女儿。”

街角，被新婚夫妇随意播放的美国恐怖片
吓坏的她
迷乱行走，追上了新郎。
新郎微笑。
新婚夫妇，和她，
跳三人华尔兹。
她回头看那个鬼魅人影，吹起风之吻。

为什么是芳芳？
他们问。
因为梦幻天使梦见蝴蝶兰，
蝴蝶兰飞到芳芳的白月光裙摆上。

白色的纱裙
你们知道，盖着一片湖。

1995 年一个秋夜，她拍了人生
第一套艺术照。
仿若美人。
“这样可以吗？”她问摄影师。

（今年她才了解罗马尼亚萝莉模特的故事）

“我有一个漂亮女儿”
她的母亲其实并不习惯赞美她。

但那一年不一样。

最后她回到此刻的疾病，站不起来。
已经一千零一夜。

走来走去

一年多之后她又打车出去，
然而终究要回来。
或者等公交车，等待的分秒砸到头上。
去相邻的繁华地带，
有古镇，
流着春色。

然而终究要回来。

就是去再远的地方，
他也在边界之外。
他所到之处，令地图一片片逼近，
然后逼仄，直至地球消失。

如果他荡开距离，就爆炸了宇宙。

一年多她从中心点沉溺，
骨骼塌陷，沦为泥沼。
她被隔绝花丛，
被禁止修剪情史；
她甩不掉海岸线
——他描绘的装置轨道。

那么多人，任意滑向帝都
各种角落，玩弄中秋之夜。
打印乱码的风月。

隐藏文件
——阴阳对称的两部当代知识分子小说，
嵌合两个神女，一个出，一个回，
病毒化变形爱情。
怎么办怎么办？

他们筹划五色派对，有人跳舞；
病人幻听很轻的絮语，遗失越来越辽阔的沧海梦境。

爱他之前她并不知道时光被钉死；
他在边界之外，盖章每一个年份。
开始通往结束，他从未实证
——那时秋季飘落。年和月，转圈回来，
烤羊肉店依旧浓缩阳光的腥膻。

哪天她又出去，又热滚滚地狼狈，
又到地铁，
又到高架下面，

便阐释江南雪灾的2008年：他穿着白衬衫；
鸟巢馆内，人们疯抢纸做的玫瑰。
永恒绕进原点，如今她还是孤独地炎热。

好比一年多前她失恋，坐公交回来，
街道的冷酷暗示瘟疫。瘟疫，是什么备案？
雪，化成血了。

封锁爱情终究不是个办法。看他们滑得更久，
继续风月无边，
而她出去了却终究要回来。
她还是没有办法。

海水，不停涨，
那些海水不停涨。海水，
不停糜烂。

少女

试卷轮番传递
——霸凌游戏正持续。
少女可能，已觉察到，自己的父母手握注射器：
一堆癌细胞语汇，
在鲜嫩节点，推入她的伤口。

此时，
女上海境外的江南，甚至更远，
几个写诗男炮制情诗给她：

“骨盆发育未完，易碎如品茗杯。

美丽得多么遥远。”

——事件有一体两面：
语汇的邮戳标记她的命运，
“寄”永远在途中，
无限接近，
或相似于仓皇弹开。

如同都市必须建造游乐场。
（五颜六色镶嵌圆形）
其实深夜没人后，依旧灯火通明，
该转的依旧转。
小丑骑独轮车抛彩球。
小丑穿越旋转木马
的瞬间，“哔哔”声大响；黑色的最深处，扑克牌疯狂洗切。
就这样，这些时辰混杂着礼花和肥皂泡的命名之学，
终于，少女听见某个词，笑容立刻凝固
——她身份层叠，被真空置换。

她可能，并没觉察，
观众席上，沦为流通货币的历史轻轻叹息：

“面纱蒙住了她的脸。”
而她有一张虎脸，内坐着一只猫。

Ⅵ

生于1990年代

桉予的诗

桉予，95后。写诗，兼非虚构。现居北京。

无题

他坐在街灯下
和我打电话
说了一夜
就像初次见面
聊到天亮
期间，我们从未
问及对方
“爱不爱我”
也没有聊过
与爱无关的事情

命该如此

他说这是命
认识你
好命
错过你
也是命
说着说着
他睡着了

一条腿蜷着
像一个命字
蜷着的腿
我怎么合上
这是命

葭苇的诗

葭苇，生于90年代，长于江南的关中人。

世上的我

没有人离我像你那样远，
当春天轻燃的暖意抵达高原。
你所在的此地，并不因距离
而被归为北方。我是说，
某一刻，所有出场
而安静下来的羊群，
使得一切可涉：哈兰，云眼，
情人的哗变。情人的手
再柔软一些，云中就诞生
另一只羔羊。春天的聘礼下达前，
桃树已结出恬然的新娘，不及满山，
但也不会有人笑话她生得瘦。

借一江

更多沙岛来不及形成
就溃散。你误以为那是风，
千国城，湿的泥
昨天把我降温成沉默。

一条汉港该如何死亡？
当岸线停止向路人兜售风景。
有时候，我也生锈。

变成玻璃的早晨，水流颤动，
船头切进目光去向如斧头，
连同琐碎的桨声
劈。

嗓子极其安静的是那老河长，
白云住在他身上。
他也有一个秘密的计划，比如
只在风波闪转时出现在浪的腹心，
并不过多留恋那本满是水痕的
巡河档案。

冬日书

（寄Z）

北方已经很冷了，
为了取暖，风见着袖口就钻。
冻疮从九十年代的指背蹈回来而手
正捡起童年最柔软的一块橡皮，
擦去弧口月牙儿如擦去太平洋一滴海战。
过天山，你撑起黑伞寻找漂白的脸，
攥紧一百匹马驹新鲜的勇敢。
走西口时月亮酿下葫芦酒正汇成
干净的河流——这河水有人常常喝到天亮。
在你决定抹去味觉之前，我打一只水蜜桃里

偷出桃园，轻叩门环像一次春天的救援。
达里诺尔将湖泥赶回灾年，磨亮蓝天
送回马背上一双眼，舒展我
像舒展一封雪白的家书，入过云后，
每个发烫的字雨都湿不透。

一个定义

雨有地契。
降水过程类似于一场
皮肤的食疗。
新闻按时发出刺鼻气味，
区分着日期。

巧妙的爱人，曾在空白地带
让最简单的事物靠近，
让我扮演幼年的我。
暴雨里，我炎热。

安静旺盛，为我复述
幻灭：美好的事物残酷地消失。

康雪的诗

康雪，湖南新化人，现居湖南益阳，1990年冬月生。著有诗集《回到一朵苹果花上》。

梦见你

梦见异常美丽的天空
梦见无边草甸
梦见蝴蝶翅膀上隐秘的门
梦见挂满苹果的树
长在船上

梦见马，穿着海水的衣服
梦见破镜重圆——

没有人像我这样
愿意全身心地投入到
每一个黑夜

在现实中如此平庸的人
做起梦来却天赋异禀。

一棵树

在过去的很多个早晨

我都路过那里
只有在一场深刻的雾中
我才见到了那棵光秃秃的楝树。
其实在我的儿时
它就站在那里
它至少看着我从 6 岁
长到 13 岁。
我离开了太长时间
但并没有忘记它——
忘记是建立在存在的基础上
而它从未真的存在
直到我 30 岁以后
牵着小孩经过它
并从路旁的荆棘与茅草丛中
捡出它的串串果实。

幸存者

2020 已为每个人准备了
千万种死亡方式——
让肺部变成干透的丝瓜
与公交一起坠湖
像鱼一样被洪流卷入深渊
……每天早上醒来
我知道自己是幸存者。
夜里入梦
我也只是做着幸存者的梦。
如果乐观一些，上班路途
我会给芋叶上的水珠
拍照，只是拍照

如果问我期望怎样活着？
想做一个水珠研究者。
狭窄一些，只是芋叶上的
水珠研究者：
它们从何而来？消逝于何处？
我知道明天，提起死亡
仍不胜悲哀
但在这辽阔的芋叶上
死亡只是一种向内的闪耀。

速写

光照在羊背，草叶，石头
和照在人脸上
有些微妙的不同。
光在人身上学习到脆弱
尽管从不哭泣。
但光照在你脸上时总要
暗下去
很难分清那是光的阴影
还是你本身。
有时，你是真的很高兴
是光穿上你的衣服，替你站在
世界前面。

马文秀的诗

马文秀，现居北京，生于1993年，已出版诗集《雪域回声》，诗集《老街口》（长诗）入选2019年度少数民族文学重点扶持项目。

拍影子的人

跋山涉水的人
将自己的足迹挤进光线中
再进行排列组合
拍出的照片微暗、拥挤
甚至略显突兀
却只为留下自己的影子

喜欢拍自己影子的人
时刻在寻找远方
甚至怀疑自己所走的路
也想去云霓之上
遥望自己的前半生

光在流窜，心在追逐
袒露内心的事物
不停游走于画面
泼散内心的赤诚与隐秘
所有说不出的话的事物
皆在表面堆积情绪

心空如洗

初冬，黄昏的静谧
垂直而下
拥抱万物的清冷

我临窗而立
将喉咙处燃烧的话语
存放进一首诗中
想送给饱受严寒的人群

此时，字里行间的无数匆忙
悄然隐去
键盘之下，我开始跋涉
去寻找漂泊者的踪迹

我明白，无数伏案
而作的日子
终将能解开郁积的心结

苏笑嫣的诗

苏笑嫣，1992年生于辽宁，现居北京，中国作家协会会员，北京师范大学与鲁迅文学院“文学创作”专业研究生在读，入选《诗刊》社第36届“青春诗会”。出版诗集《时间附耳轻传》、长篇小说《外省娃娃》等著作九部。

夜课听雨

在夏末的雨夜中
我坐在教室的窗旁
雨声敲打楼体，使教授的声音
和纸张的翻动，成为沙沙作响的背景。
宛如朦胧的轻柔，在这个夜晚
我感到一种无限愉悦的安宁。
爬藤植物湿润、油绿，在窗外
而紫色的夜深沉，如敞口的黑釉陶罐
如我空静的心，承接着黑色的凹陷的水
讲台上方的时钟保护着此刻的宁谧。

这是一种熟悉的遥远
我与未知之物彼此相依
雨使时间浮起，在这样的夜晚
我们从自身中短暂地缺席。
顺从脱去重量的空气的质地
让思想从更多的天空

流入庭院中想象的池塘。
这就是那面镜子
躺卧，完整，仿佛恒久——
虚无完成的远比生活完成的更多。
雨声中，教室越来越满地合拢着自己
在被黑暗的树影轻擦着的墙壁里
寂静坐定
我们在其中用双手舀
在秘密垂落的罗盘里。

跨年时刻

时间或许只是人们制造的片面之词。
曲曲折折的小灯在树上闪烁，像闪闪发光的
金币。我们吟诗的间隙里，闪闪发光的
大堂，餐桌呈上葡萄酒、香槟和金色的奶油小蛋糕。
谁来到这里，谁就带着新年的喜悦，和
从卧室走向餐厅与聚会的温情。此时，室外
那条被霜月铺满的银白的路，正走向数公里外的
火树银花。那里商业街散布着羽毛状的欢快音乐，
节日的气氛飘过年轻人明亮的脸。
有人在餐桌旁高声谈话，有人在酒吧，或俱乐部里。
纵使昆德拉说“庆祝无意义”，时间必然使人更老，
但节日使我们变得年轻。
当我结束与友人的交谈，默然站在落地窗边
仍不免为旧年与新年交界的这一刻感到惊奇
尽管我对新年和时间都一无所知。
无关困惑。太阳正在我看不见的地方缓缓前来，
它将被清晨的鸟啼、枞树、高楼蓝色的
云状玻璃群和迫不及待的孩子们飞快地传递。

我们将幸运地走进明天，
明天，生长着，向着被人们祝福的春季。

一去不返的下午

带着不曾对他人提起的某种隐秘情绪 我们倾身
向上穿越双合尔山 从白昼与夜晚之间的缝隙
暮色千里 河滩盛满夕阳的余晖 而草甸的下降安宁
我们紧坐 如西侧两片随风偶遇的流云

一些事物反复重叠 一些词语困惑 被时间截停
——它们悬而未决的姿态令人入迷 江河滚滚皆过客
不妨搁置眼前的悲欢离别 只静坐 如隔岸观火
不说未来 不谈永远 只占领此刻的一平方米

美丽的事物来之不易 当义无反顾 如此刻
白塔高挂明月 云层流转浩荡有如暴雨振翅
我喜欢你看向我时 目光中雨水西倾的样子
就该酒后打捞楼台 在木舟上深深刻下反叛的痕迹

立秋已过 落日浩瀚 万物燃烧皆有赴死之心
这一刻 我依然喜欢 这些晚霞哀而不伤的平静
瞬间在不断剥离 远去 随黄昏大举撤军
我们所能做的只是 缓缓走下台阶 直到分岔路口莅临

返程路上 群鸟忽鸣掠过我们的头顶
寂寞的元音落羽般旋飞 短促地 代替我们用力地辞行

而我们也不再停留

而后我们看着我们的话语落下
就像蛾子盘旋，无声掉落的粉尘
到了这地步，我们已做了所有我们能做的

为一场盛大的晚宴，我们采购
食材，器皿，装饰，鲜花，彼此的忍耐
和他人的注视。但日子在日历上溜走

成为不可抵达的概念。到了这地步
我也懒于悲伤，只有屋子里的寂静惶惑
在精致的玻璃碗里鸣响，并试探着

一种我早已熟悉的易碎。我们不要
惊醒它们，何况一切无所指摘。也无需躲避
臆想中的言语之刃。既然词语和宁静

在缓慢的攀升中，已托付于令人厌弃的
空无样的撤退。秋天也在撤退。日子
会随着寒冷而斑驳下去，所有的植物

都会枯萎。不过是空洞的悲伤，临时的
生活。发生在我们身上的事情，没有标记
这就是我们的回报：在时间的虚构里，一切

含糊其辞。凝重而美丽的薄暮中，沉默
金子般持续地垂临。我看见那些漂浮之物
消失在夜晚的闭合里：轻盈地，逐渐地

田凌云的诗

田凌云，1997年生于陕西。诗歌见《芙蓉》《钟山》《十月》《西部》《扬子江》等刊物。参加第八届十月诗会、第二届星星全国青年散文诗笔会等。获第五届扬子江年度青年诗人奖、第三届《钟山》之星文学奖等。

真与假

我独自坐在酒店房间的窗口
像个远古时代孤独的国王
看楼下的夜市，人群来来往往
像一茬又一茬的青草，
总有一些后来的人替换先前的人
总有一些椅子从来得不到休息
现在是繁华的六月，也是疾病的六月
人类无限消磨着自己
男人们在酒桌上划拳，吹牛
一下子就会到深夜
欢乐的折磨，像水必须在河流中滚动
于是就坐在了天堂的门口
下午拿着扫把的清洁工老人，也微笑着
像一颗透明的星星
用清澈的眼睛给予我巨大的平静
这里的一切仿佛都很好
思考制造的磨难是真的
我们看到的人间，邪恶的部分皆是镜面

我在内心养着金黄的意念

我惨败于与一杯开水的斗争
它顺着我粗心的裂缝
借由瓶盖之嘴降临我的下巴
和胸口
火焰一般，我燃烧了一天
仿佛爬过一万只残酷的蚂蚁
个个都拿着刀子
在我的脸部和胸口解剖什么
无所谓啊，真的
现在的我不在意容貌
贫穷长久临幸我的高贵，生存整日
不厌其烦地碾压我的认知
可无所谓。我在内心
养着一头唯一的、金黄的意念
这些东西像咒语般令我发狂
即使不完全被我拥有，只赋予我
去它途中的
消失的权利

我们在疼痛中相遇

我们在疼痛的草丛里相遇，你说：
这片草丛是我偷来的苦水与光荣
你给我捉蚂蚱，泥鳅，教我远离
人类的伪善。累了，我们就手持镰刀
割一割彼此的失语与孤独。有时
我也做一做你喜欢的那种女人，去爱
蘑菇云，去清洗自己可耻的生存。祖父

会从地下送来天国的嫁衣，星星
会来为我们祝酒。我们不需要人世的祝福
也不需要领什么证件，想爱就爱了
想恨就恨了，想失忆就去失忆
想灭亡就去灭亡。没有什么值得留恋
尤其是这玫瑰色的年轻。我知道你会衰老
那是你的愿望，我已经不能为你做太多
唯有满足你的愿望。我身上有巨大的太阳
照耀江河中你奔腾的肉身与灵魂

但声音仍然在拽着我

抛弃了，被抛弃了。
但声音仍然在拽着我

独立之光击溃依赖之愚
一旦选择依靠大树
哪里的树根都会因虚幻的信任不稳

人太简单了，瞬间被人群冲走
又可能因一个事物随时回来
一切是恶的阴谋而与人无关
一切都该被直接相信而与美好无关

夜晚我站在高空中眺望并祈祷
人人都能过上幸福的生活
像天真数次被我抛弃但仍在思维的关键处隐现

文西的诗

文西，土家族，1994年生于湘西，保靖县作协副主席。作品见于《十月》《长江文艺》《诗刊》等，出版诗集《不能遗忘的》《湘西纪》，散文集《冬日田野上的青草》。获首届扬子江年度青年诗人奖，首届华语青年作家奖诗歌主奖。

生活的真相

阳光照在树叶上
风吹着芦苇和千鸟花丛
一辆车从江边开过
人群开始忙碌
身体摇摇晃晃
举在空中的胳膊，什么也抓不住
谁敢停下来？
坐在这儿，看看清晨
生命耗尽了
江水还是江水
依然为吃什么发愁
别处的百姓过着什么生活
会不会和这里一样

笼中鸽

鸽子白色羽毛
歪着脑袋
缩成小小的一团
眼睛里什么也没有
它不知道外面发生的事
和接下来的命运
隔壁屠夫在杀鸡，羊，狗，鱼
砧板上的猪肉快卖完了
如果一个人被关在笼子里
我知道他有恨，恐惧，求生的欲望，计谋
出来后怎样进行报复
鸽子在想什么呢？
别猜测了
永远不会有人知道

它们都在该在的位置上

所有东西都被妈妈收藏
小学课本，获奖证书，书包，铅笔
袜子，围巾，手套
还有寄回来的书
她一本一本擦净灰尘，而她只认识几个字

我没衣服穿时，她从箱子里拿出旧衣服
皱巴巴的衣领，袖子也短
我看见童年的自己
她站在太阳下做广播体操

那些被丢掉的能抵御时间侵蚀
和当初一样完整
永远鲜活
在她手里每件物品都有价值
它们都在该在的位置上

黑点纹白蝶

黑点纹白蝶站在乌泡叶上
洁白的身体，翅尖布满斑点
它偶尔扇动翅膀，伸长触角
黑点纹白蝶不会看走过的人是谁
就算他有用不完的财富
他的权力和名声吸引不了黑点纹白蝶
好看的外貌和衣服，也是无用的
黑点纹白蝶把脸贴在叶子上
它在想什么？
它不服从谁，也不当谁的主人
不用讨好，它可以去任何一片叶子上
这片叶子足够它休憩
它在上面玩耍，敞开柔软的腹部
没有什么等着它去做
它从来没想过去改变世界
日子不会因为它而破碎，混乱
那些被伤害，被遗弃的生命
绝不是因为它
它小小的，脆弱的躯体随时会受到威胁
天黑下来
它的背后有另一只黑点纹白蝶

徐晓的诗

徐晓，1992年生，山东高密人。现为首都师范大学文学院博士研究生。著有诗集《幽居志》等。参加《诗刊》社第35届青春诗会。曾获第二届人民文学诗歌奖、第十六届华文青年诗人奖等。

一瞥

仿佛追随着云层
我在天上飘荡

这儿有什么
这儿有无边无际的白

有我前所未有的欢乐
和一闪而过的黑

我挖掉了双眼
看不见前方

就这样随风飘荡
飘往更高处去

只想得到他的一瞥
无意的，突现的

稍纵即逝的，唯一的

不将余光分以别处的

一瞥。仅仅一瞥
而非长久的凝视

自此，我便可安心地
掉下去

世界从我身旁经过
我经过他，不知他姓名

静坐

我在无人的高山之巅静坐
断崖边的一丛幽兰
兀自绽放着——

多么空旷的一生
只有漫无边际的风
充塞着我的整个生命
我多么希望你能来

让我给你惊鸿一瞥的初见
让我像一缕幽兰之香
寂寂穿过你的生命

让我清空自己，让你清空自己
清空所有的出生和死亡

让我成为你西风猎猎的一生中

最缄默的秘密

短暂的下午

困倦和惊惧总是在这样晴好的午后
海啸般袭来
近乎同一的、暖融融的
而又终将要逝去的辉光
铺满了我们每一片身体残骸的微小角落
直至我们的双脚
被干枯的草叶完全埋葬
太阳终于再一次滑下深渊去了
遍地充塞着我们明灭可见的困顿的往昔

忍耐的美德

风拨开了窗帘，窗帘抖动着
它陈年的水迹
乌鸦在窗外的树上，叫出
狗吠一样的声音
一天中总会有一些
不太安宁的时刻，在远处骚动着
我们的肉身——那终于空置的器皿
需要越来越多忍耐的美德
来填充。耐痛，耐冷，耐异物
咬紧牙关忍耐绸缎上的一滴蚊子血
秘密的黑影间或闪现
白日之下，我们徒有一颗避世之心

闫今的诗

闫今，1995 年生，安徽宿州人，现居合肥。《诗刊》社第 37 届青春诗会成员，出版诗集《暖沙》。

浮世绘 G：美凤蝶 – 雄蝶

向上垂直的凝视没有确切意义。你身上缀满图像性的语言 – 有些
溢出，成为流淌的隐喻。背光 – 像湖水被磨损，你翅膀上各色的
鳞片和描绘它的词语皆失去光滑的细节。远离是迷惑性的修复，
我不会，远离一只动物 / 昆虫 / 纸片鸟类，说它是天使也好。
总带着新和中世纪出现，在我头顶展翅，用冷灰色表现神光，
荧光蓝铺底。有时凶猛，又以尾突之暖补救齿状外缘的缺憾。

夜宿宏村

蟋蟀彻夜奏鸣间有急调，像是微物中传教士讲授要点，说痕迹
或线索：其内心对理想国的构建，专注于直翅目的私心。遵循
对话的音乐法则（令彼此愉悦）即形成意识形态，即号召英雄，
即得好消息！牵涉到的观念之混淆或大成，异地的蟋蟀如何？
居高位的蟋蟀如何？徽派建筑群内，它们的社会被置于遥远的
历史，聒噪而长久的努力白费更不用说其中那几嗓微弱的童声。

试描述白噪音：篝火

嵌套，篝火的尾声像皮鞭凌空抽打透过层层障碍物后残留的
回响。哦音节叠压，因此没有尾声。寒风狂涂的背景，几十道
鞭在城市各个房间抽打的背景，爆裂声高的低的针点式消失，
又像抽在同一个人身上。总有辆疲惫的马车在你脑门上踱步，
但不是来回踱步，它踢踢踏踏，无限地跑远几乎隐身，又忽然
闪现－吊着神经，好似善于在瞬间完成加速，以实现某种递归。

试描述一次生活的集合

两个陌生女人分别站在她的家庭旁边，挥霍自身的“能”
以便更好地顺从，顺从是教义，但明白地说出不是。
我猜想“光源”常常以抛弃和重选的形式出现在禁泳区，
那是端倪：作为个体克制不同程度的僭越，比如杀人的
欲望。而女人－温驯如原料般的懵懂之身，永随着指引，
她们将身披亲邻的赞许，几乎没有内耗地退出这场轮舞。

张小榛的诗

张小榛，诗人。1995 年出生于沈阳，毕业于武汉大学，现居北京。作品散见于《诗刊》《飞地》等，有自选集《机器娃娃之歌》。

街面航行

我最孤独那个傍晚没有夕阳，
没有流云，没有风，街道虬结。
北京的丝弦、木胎与铁指甲
将叹息灌进梦展开的音孔。他在
我背上暗暗绑了降落伞（……我以为
祂会给翅膀，给帆，但只有）
水滑过坚硬的亮马河。一片落叶
割开小时线，豁朗，有鸟向天扑翅。
为星辰造铁轨时他便埋好我们对摩天楼的欲望
做它们航标。因此我们必然地
将玻璃顺着海岸线排布，任城中
永恒的河涛与失望冲来冲去。
或许等到夜裹住黄昏，手机上星图软件
能够帮我们躲开不含相思的暗部，
道路中央轰鸣的鲸的游弋，偶尔的碰撞
警笛的呼啸更加偶尔的坠落的悲和喜：
当街灯亮起来，若有什么在胸膛融化，
猜想你走后或者沿幸运或者沿不幸
的金刚砂踱到一片爱中。但愿如此。
雨必然地来，夏季必然地走，你必然地走。

南方 其一

有时候，我们停歇在湿地，
淤泥中觅食、守望、躲避猛禽时
忽然想起南方。两只白鹤卧在对面，
神用来装饰天国一角的羽毛
虔诚地舒展。观赏它让我们几乎忘了
自己也不过如此，迁徙在虚空中
懊丧，寻找十月淌血的碱蓬。从孟秋到仲秋
红由东亚腹地蔓生至海上，乘着蒸汽驱动的蟹
你边上升，边下坠，自梦深处铺开苔原
龙船花与和煦的热带风暴，云从近处滑来
让一切飞行化为无、化为无。我们
麻青色的身体混入衰草，沿铁轨冻成哀鸣。
借着侥幸的微弱闪光，你不得不
朝大雪奋飞，防止南方从它所在之地出走，
逃向虞美人的枯萎与萌发之中。

有关线的一切

——给 T

我祈祷不见你，在日影下，
在投射中，在我体内深不可测的
井底。蛙鸣
从腹部深处说没有主语的情话。
在栏杆上打平结，倚栏杆尽头
打水手结，一种遗憾未完成。未被
完成，像两棵栾树在夏秋之交祈求

见到你，荒如沼泽的河道，
桂雨铺遍满觉陇。时日点击舆图让
我的城在晴空下拆除、覆灭、
炸毁像年轻人。
已经错过了长夏的假象，当
夜再次缠结于手腕，五色奶茶拧成绳索
穿过愁肠，那不撑伞的少年
茂盛似琵琶曲的长发与秋水同漫溢。
你燃起孤灯、罩上四壁、画出疯长的芒草
当她写一首诗，系一个心思的扣。
她惆怅与厌烦清江的每滴水但
盼望着见你，当明月重新躲到积云身旁。

文灯

——给一个老朋友

广寒的时节满月明耀
以为这次不会放晴却仍旧无云
夏季、干燥洁白的拆机厂
使我们两隔，锈蚀在晴空下
废弃的星河一角
燃烧着、下坠的文灯漫山遍野
我每夜抬起头就见到你
月面不知名环形山中的少量灰尘
承托你安眠，在平静的风暴海
我长向那发光体寻你、寻你的残骸
就仿佛我能望见
晴日高气压风化的一切
幻觉真实而你虚假
虽说我们同在的日子触手可及

像悲伤乘着又一次月落降临
我本想以云为幔帐
掩饰黑暗、漫无边际的文灯
虽说有光在那边亮着 推着我的桨
水是凉的。熟悉的湖陌生
正如星体互相远离
每二十九天每天我从地上看你
被地的影子呈现又隐藏
第一日漆黑，第二日开始有光碎在水里
那光里仿佛有一小小小小片你

赵汗青的诗

赵汗青，山东烟台人，1997年6月生，北京大学中国语言文学系文艺学硕士在读。曾入选第十三届星星大学生诗歌夏令营，获第十一届中国校园“双十佳”十佳校园诗人奖。作品见于《星星》《诗歌月刊》《诗林》《中国校园文学》《散文诗世界》《青春》等。

芒果树黄熟的街道

挨得太紧的骑楼像一对书名号。
我，站在窗前。抬手
擦拭我的空旷。一个烟火气的时刻。一首
咬字清冽的粤语歌，从我的楼下
烟波一般升起

我的面前应该有一道河岸
大船搁浅成一艘，背阴于亚热带的楼房
湄公河啊，何其妩媚。水声蒸腾出一枚
唇形的梦，印在道别的玻璃窗上

当时她还未完成。
两片混沌的轮廓微启着
圆钝钝的情话：
L'amant,mon amant.
音节暧昧成两颗带白气的糯米团子。唔……嗯。
一点点被消化的街市声，开始浸泡我
卧室里的岑寂。即使没有《吴哥窟》的旋律

这也是最适合情人在夏天
穴居的岩洞。用力，我拉开窗
戳破这最后一场柏拉图

闹市音像哗哗作响的百叶帘，当胸涌入我
默然如四壁的怀抱。看，连夏至的黄昏
都无法启蒙这座自甘沉溺的半岛
我的《情人》，仰卧在我身后的床上
轻轻拆下身上的书名号。
一个够美的人，脱衣都如同翻书
看他衣衫褪尽，就像
观赏白雪如何在你面前
卒章显志。结束后，可以再回味一遍
这出芒果味的中篇小说。配着故事
呼吸古铜色的空气，揉皱凝脂样的床单
把湿滑的思想，写上
布满汗珠的纸张。光影错落里
他有黄种人的腿和白种人的肩膀
沉睡，像两滴混血融进雨水

在比她还小的年纪，我就开始
坐在有声的书名号里，思考热带。思考它
单纯的怯懦、静穆的放荡。椰林里赤脚跑出
连衣裙的夏娃，她带着滚烫的肺腑
肺腑外是形同虚设的冬天。冬天与肺腑之间
是永远缺席的肉体
它缺席成一座没有信仰的寺庙
它缺席如一个曾停泊于热带的男人

我漫步在芒果树黄熟的街道，漫步在
永远会在下个路口到来的西贡。

抬起头，青青的枝叶里一盏盏
从不会因白昼而熄灭的
甜甜的灯。每个角落里都有歌声袅袅，像东南亚
丰沛的、袅袅的河水。我想这袅袅的世界
脱掉下半身的纱裙，飞鸟一样
飞往悠远的天空

张园*的黄昏

你听惯一切媚语的圣听，可曾听过一句
“陛下，我爱你”？

成年后，你这位天子呵，便在用一生
远离天子脚下。三月了，你的园里依旧闭着
逼仄的冷。贴地的黄昏，狭长过
你为青春剪掉的那根满洲辫子。是谁？
把它和饶舌的外语一起，重新编成
混血的麻花脐带。你的万岁家谱里，公主
总在远嫁。而你是第一个和亲的皇帝。
唯一的区别就是，这次的陪嫁，是古玩店里
漏网的玉玺——国家，是这个国家
最不贞洁的嫁妆

拜蛮夷为师。越虚心，你越坚信
爱新觉罗，翻译下就是亚历山大
天选的征服者，乳名里都是马蹄声
可奔跑起来，却从未比你暴雨中离婚的淑妃
更彻骨。扶着院墙，你眺望
这一生中的邻街
都那么像邻国。街对岸的学堂，在你目光里

升起如轻气球。历史下课了，而我站在
你无家可回的背影里，等我天真的小爱人
从十五年前放学，被细软的暮色
黄袍加身——

陛下，你真美。美得
像一朵牡丹对大唐的思念。思念得，像玉兔
拿望月的姿势，张望童年。闭上眼
我们就可以进入彼此，轻声细语的身体
舌尖和手指，能勾出世间
所有的秘密。我们一起，躺在绵柔的乱世
躺成一道卷起的密诏：历史从胯下经过，历史
也从胯下创造

如今，那失眠过的屋内，早已长满
你灭亡者的荣光。原来，赫赫的不仅有战功
还有赫赫的哀愁
属于你。身为帝王，你的爱情
像罪过一样稀少。那么，就让我像
咀嚼苹果一样，无邪地沉吟：
“陛下，我爱你……”

* 天津张园，为溥仪被逐出紫禁城后的寓所（1925–1929 年），今对面为天津鞍山道小学。

九宗罪 *

整个爱尔兰都在下雪。
听觉想起这一句时，她正在白布单上展成一床
此起彼伏的雪。循环的歌声蹭得空气也
摩擦生热。出轨、倒带，把雪脱落成雪白

把音符脱成两片唇形的孤男寡女
用西半球音韵相响以湿
……？好像真是这样：全球酒店的床单
都是白色的。换句话说：地球上
每张无定所的床，都是爱尔兰。

一月，她对着空窗打字
十指躁动成烟花，揉搓
弹拨，再把褶皱的夜色，折叠成
藏着糖果色引信的礼物盒：
诗人，完稿的日子，是我为你选定的情人节
你是青年时就住在历史里的人。是
俊朗的诱惑，妩媚的侠客，风萧萧兮的垂柳
我用带酒窝的笔在满纸的笔锋和藏锋中寻找
你含蓄的嘴唇——读书人的吻能叫接吻吗？
那得叫“唇吻遒会”！我要把你写成一棵树
所有长叶子的骨节，都长满云纹的千纸鹤
自己扇动春风。于是，她在冬风里
点燃他送的音乐小火炉。一开口
山河就匍匐成风笛的腹部：
啊……原来汉语的遗腹子
也喜欢爱尔兰

五月，她为因十指相扣
而单手开车的作家选曲。这几日春雨绵绵得像
头顶晾了根回归线，正好用这
靠近北极圈的懒音，逼净我们身体里
最后还年轻的水分
“听出来了吗？”
“……是我第一次给你分享的……？”“是。”
是分享，是背叛，是知错不改的时间

是第一次。不轨的默契一旦弃影成三
就会缜密成钻石最不合时宜的切面
是我来晚了吗？像晚来天欲雪一样晚？
唉，诗人，难怪你喜欢爱尔兰。

躺在爱尔兰的土地上，黑发的情人问她：
“那他一般叫你什么？”
“小梳。”
“‘小梳，我对不起你。’”
“‘诗人，我爱你。’”神圣的短句最适合用来
口是心非，正如床头箕坐的美人，决定后半夜
用樱桃味的太初有言，滋润干涸的耳廓：
你是肌肉记忆的诗。象形的汗
滴满星空与枕套，我闭上眼
浑身都是夜盲症，只能用抚摸
读透你身上一寸寸柔软滑腻的山河

黑暗中，莎乐美对道格拉斯说：
“再来一回”。就像那些动人的女子
在诗中对他所说的

*9 Crimes（《九宗罪》）为爱尔兰音乐诗人 Damien Rice 的经典名曲

他点起一支戴笔帽的烟

迟到后，我坐进他的课堂，呼吸着自己：
嗯……有两只小鼹鼠，正在我的耳根里
窝藏香橙。没错，这清爽的橙花味香水
令我闻起来像一位
该在凡尔赛宫里剖瓜切菜的仕女。而此刻

本高贵的18世纪遗孤，却要迎着投影仪
欺君罔上的目光，问好断头台似的
垂下脖颈，演习不曾欺师灭祖的纯良——

同学A是资深PPT朗诵家，妇女解放的历史
在她缜密的声线中，暗牖悬蛛网
同学B是难得的相声表演艺人，同旧报刊里
唾星四溅的青年，展开激烈如湘菜的
群口社交。我知道，未来的幼发拉底河学者
将在他们当中诞生。睡莲出水般
拔泥而起，盛开一场长聘制的不朽
流芳到，3021年的博士，也要捧读
他们楔形泥板上的C刊

男教授都曾闺名路易，在竹简上
烫下虫蛀的太阳。女先生们笔名玛丽
傍身的学识，厚实过奶油蕾丝的衬裙
我眺望着白板，用眼睛推开一扇窗
窗外，我的第一代师兄们，正在弃笔从农
栽种象形的稻田。房东女儿，是吹尺八的海妖
而英雄的笔者，小楼如战壕，墙皮掉落了
就是碗口大的枪眼。把烟丝和落发一起
卷成上好的“烟士披里纯”牌香烟
补偿无酒可饮的昨夜

窗的这一岸，我的教授倚窗默然。春天的他
英俊得突然很20年代。我坚信，他学识渊博
青春抖擞，定是曾跟新月派一起打过水
和创造社一起刷过牙。刚和鲁郭茅一起撸过猫
就去酒吧里，搭讪巴老曹。我走上前
想闻到他与我同样甘冽的香水味

想套出与 19 世纪接头的暗号。结果
他点起一支戴笔帽的烟，说：
“干不了，谢谢。”

庄凌的诗

庄凌，山东日照人，现居武汉，90年代生人，出版诗集《本色》《我也是一个清醒者》。

黄昏的果园

黄昏比我们略早一步到了果园
一天当中，这时候最暧昧
成熟的味道
有些来自果子
有些来自人群

天空有光和喜鹊飞过
你能听见寂静之声
几颗熟透的枇杷
自然而然地落下
人间鸟语花香
前世落叶归根
忽有一种幸福和安慰

关码头

晚风穿过武汉关码头
站在这里，能看见潮湿的大武汉
船只和人群来来回回

有多少人在这里相拥
有多少人在这里别离
一半历史，一半故事

我也花了 2 元钱登上一趟轮渡
两个小时的往返，摇摇晃晃
船上的人像看了一场电影
虚实结合
似乎看尽了两岸繁华
也看尽了戏剧人生

滚滚长江
不变的是这江水

Ⅶ

生于00年代

封依琳的诗

封依琳，现居陕西西安，生于 2002 年。

老春天

在革命与春天中
我选择狂奔
我要踩着比我年龄还大的脚踏车
我要载着亲手缝补的蓝色降落伞
把一整条街的目光甩在身后
春风也拦不住我
春风是我脚下的脚踏车链
致力于打扫铁锈上颜色好看的霉斑
它已是年老的疲倦的慈祥的麻木的春风
几瓣“江花月夜”忸怩得不肯过来
不肯跟随月亮和土地淌血
只剩春风 这一刻是我的
三月总能听见 青草眼睛睁开的声音
听见夸赞和诽谤，又称妓女和流氓
无论季节有多么漫不经心
花朵各色的嘴唇们随时预备亲吻
吻蝴蝶的腹地，吻雨水嘲弄也都愿意
春已老了而万物还柔软
翠鸟金属色的嗓子从不走神
一切用来包扎世界冻伤的纱布
已经派少女们提早清洗干净

一切值得被后人考古的灵魂
值得被研究的心脏
整个冬天不舍得触碰
如今也可以成瘾般地凝视
你问我 情绪穿上白衫 能否成为思想
我不敢说这取决于衬衫的洁白程度 以及
一小块痛苦的摆放形式
因此，我的诗从不肯安静下来
戴着镣铐的是世界
跳舞的却是诗句

送别

对于逃跑圣地来说
你来了 像一本被偷渡的禁书
狂欢里我们都会窒息
也会在禅境里偷偷睁眼
彻夜饮酒 走很多路
从其中提取做梦的力气
你说还没看沙漠 草原 青湖 雪山
于是就此出逃
我仍在一面墙上静止如墨
我问你虚构的雪山有多雪呢？
答曰比宇宙的骨头更纯洁。
你就这样在别处生活
而我在
生活的别处
你习惯用植物擦拭眼睛
我也在心里种满芭蕉
雨中漫步，我们不辨春秋

愁全被浇灭后我们停止生长
你来了又走
城市像破旧的玩具
被你抛在身后
我们是两片沙漠，穿着绿洲保暖
行走在各自的荒芜

2021.4.25

金一诺的诗

金一诺，现居北京，出生于2000年12月，就读于清华大学人文学院，诗歌散见于《中国校园文学》《诗刊》《十月少年文学》等刊物。

不舍昼夜

我们出发，走出古堡
走进一个个四季轮回
时间目送着我们，像刚就职的老师
依旧站在樱花林的惶惑之下

年轻人也想把种种苦难，诉诸时间
他的心跳是古老钟摆振动陌生空气
石质撞针撞击着命运的凹槽
他平等地撞击着年老与年轻，梦境与现实
驱赶我们从一个刻度倒向下一个刻度
奔跑，尽可能保持优雅
接受时间或许是一辈子仅一次的馈赠

未来的酿酒者
正拼命扭着某个时空片段
试图拧出一滴露水

晓角的诗

晓角，本名李华，2003 年 8 月生于内蒙古乌兰察布市丰镇农村，内蒙古作家协会会员。有诗歌、散文若干发表于《诗刊》《草原》《中国校园文学》等刊物。

乡村婚礼

初秋的某一天
众人运送物品
红色
她不做事，站在——
晚风里
环视四周
没有小女孩跟在身后
有点孤单
那段日子天气转凉
整整一下午
她感觉寂寞

周围

大家谈天
谈到昨天突然消失的
某个人
沉默一阵
又起身散开
我坐在他们不远处
房子停电了
一只蝴蝶尸体，还摆在窗台上
月亮
过一会儿会出来
“塞纳河的水里葬着诗人策兰
就是这样简单”
我有点难过

夜行

曾经我们躲于车内
在山中夜行
游走这土地庙的
微冷脏腑
当时夏天刚刚开始
最后一场寒潮正在过渡
我每天给自己胃中加入中量辣椒
制造温暖
那一年北方
山顶星星，颗颗像要粘住对方

上午的大风

夏天年轻
风很大
树叶摇来摇去
很绿
好像要，掉下来
早晨的街上
孩子们越过我走向学校
穿着制服
背包背满规定
而此刻我一个人在家
大风天
考虑要不要写信

叶子闻的诗

叶子闻，2004 年出生，上海人，诗歌发表于多家刊物。

十六岁的春天

十六岁的春天千姿百态
二月杏花
三月梨花
开满趟儿

我想摹一幅十六岁的春天
树上蝉翼纤薄
水中睡莲盈盈
指缝春水柔润

我把十六岁的春天扎做一条马尾
在春阳下雀跃
在花田中翩翩

素描

我喜欢素描
非黑即白
这是属于青春的世界
光是黑的留白

灰色的地方
是远处的黑

夏日

白昼越来越长
像一个不断吹大的气泡
整整一个夏天
生活在斑斓的浮光中

正午阳光下
树叶在吸热
流水在降温
路面上热气氤氲
灰墙热得脱去外套

白昼越滚越大
一只蜻蜓抱着一根青草
板栗躲在毛茸茸的房子里乘凉
终于有一口风
气泡滴溜溜地跑到山的那边

夏雨

夏雨来的时候热情
去的时候利落
那么多的线
畅快淋漓地来
走的时候

风一扯，断了

夏雨住在稻田
绿盈盈地冒出来
夏雨搬到春树下
梧桐树又长了个子

在河谷和溪涧
能发现玩耍的夏雨
它的家在哪里
白云深处

赵子莹的诗

赵子莹，河北邯郸人，00后。有诗作发表在多种刊物、选本，并有作品获奖。

爱情的形状

能够告诉你的
我已倾诉
关于爱
我们谈论太久

我无法告诉你
爱情的形状
高山，大海，海浪
拍击的礁石
都不是我想表达的
我认为的爱情
是线性的，是
重叠的两根线
是交织在一起的缆
沉放我们不动摇的锚铁

或者，是两条钢轨
我左你右，平行向前
不必担心我们的距离
我们相伴，我们同向

有托举又相连的枕木
共同承担速度与重量
或者，是一孔隧道
共同顶起山体的坚硬
与黑暗，冲向亮光
一起抵达远方
现在，我可以告诉你了
我们的爱情形状，就是
两条钢轨穿越的隧道
只是我不要岩石的冰冷
不要暗淡无光的过程
我要两旁树枝交会的绿意
像我们的拥抱与深吻，像
我们铺满霞光与星辉的家
每一声曾经的汽笛
都是我们永生的誓言